Bordesholmer Edition

Band 34   1. Auflage 2017

Titelblatt und Gemälde: Ingrid Brandenburger

Cartoons: Thorsten Schönberg

Kalendergeschichten 2018

Elisabeth Albert
Jürgen Baasch
Ingrid Brandenburger
Thorsten Schönberg

Geburtstagskalender

Januar

_____
_____
_____
_____
_____
_____
_____
_____
_____
_____
_____
_____
_____

Februar

_____
_____
_____
_____
_____
_____
_____
_____
_____
_____
_____
_____
_____

März

_____
_____
_____
_____
_____
_____
_____
_____
_____
_____
_____
_____
_____

Juli

_____
_____
_____
_____
_____
_____
_____
_____
_____
_____
_____

August

_____
_____
_____
_____
_____
_____
_____
_____
_____
_____
_____

September

_____
_____
_____
_____
_____
_____
_____
_____
_____
_____
_____

April

_____
_____
_____
_____
_____
_____
_____
_____
_____
_____
_____
_____
_____
_____

Mai

_____
_____
_____
_____
_____
_____
_____
_____
_____
_____
_____
_____
_____
_____

Juni

_____
_____
_____
_____
_____
_____
_____
_____
_____
_____
_____
_____
_____
_____

Oktober

_____
_____
_____
_____
_____
_____
_____
_____
_____
_____
_____
_____
_____

November

_____
_____
_____
_____
_____
_____
_____
_____
_____
_____
_____
_____
_____

Dezember

_____
_____
_____
_____
_____
_____
_____
_____
_____
_____
_____
_____
_____

Inhalt

7

9

Vorwort

Johann Peter Hebel hatte seine Lesestücke vier Jahre lang dem „Badischen Landkalender" geliefert, bevor die besten seiner Kalenderstücke in einem eigenen Buch veröffentlicht wurden. Wir überspringen den ersten Schritt. Eigentlich wollten wir aber auch einen Kalender gestalten, aber unsere kurzen Texte gerieten immer länger. Anders als zu Zeiten Johann Peter Hebels lesen die Leute aber heute keine längeren Kalendertexte – egal, ob als Tages-, Wochen- oder Monatskalender. Das hat sich seit den Zeiten des „Badischen Landkalenders" sicher geändert. Aus diesem Grunde legen wir unsere „Kalendergeschichten 2018" gleich in Form eines kleinen Büchleins vor.

Kalendergeschichten, weiß Wikipedia, sind kurze Erzählungen, die Elemente anderer epischer Kleinformen wie den Schwank, die Anekdote oder die Parabel in sich vereinigen. Kraut und Rüben also, die sich mit allem möglichen anderen Gemüse zu einem bunten, abwechslungsreichen Gericht vereinen. Guten Appetit!

I

Ein Leben ohne Grenzen

Es gibt nicht Wenige, die behaupten, das Leben stecke voller Wunder und Überraschungen. Und nicht Weniger behaupten sogar, man hätte im Leben alle Chancen, man könne alles erreichen. Ich sage: „ Alles Lüge!"

Seien wir doch mal ehrlich zu uns selbst. Wir können nicht alles im Leben erreichen. Ein Beispiel gefällig? Okay...können Männer schwanger werden? Sehen Sie! Fakt ist doch viel mehr, wir sind wie Hamster in einem Laufrad. Obwohl wir uns anstrengen und alles geben, so bewegen wir uns doch nicht vorwärts, sondern entweder im Kreis oder bloß auf der Stelle. Das Leben meint es nicht gut mit uns. Das Leben stellt uns Aufgaben, deren Bewältigung gar nicht vorgesehen ist. Ich zum Beispiel führe ein karges Leben. Ich arbeite hart, als Saisonarbeiter im Winter. Und nichts wünsche ich mir sehnlicher herbei als das Saisonende, den Frühling...den Sommer. Einmal in den warmen Süden fahren, das ist mein Traum. Doch so sehr ich mich auch anstrenge, so sehr ich arbeitsam und auch sparsam bleibe, ich werde mir diesen Traum einfach nicht erfüllen können...der sonnig warme Süden wird mir für alle Zeit verwehrt bleiben, denn ich befürchte, als Schneemann hole ich mir dort den Tod!!!

Thorsten Schönberg

Die Zeit

Deine Gastfreundschaft sollte dir zum Verhängnis werden. Du konntest halt nicht „nein" sagen. Egal wer kam, er war immer willkommen. Also nahm die Zeit die Einladung an und machte es sich bequem bei dir. Anfangs schien sie dir noch ganz nützlich. Schließlich war es ihr zu verdanken, dass du in den Genuss von vormals sündigen, verbotenen Früchten in Form von beispielsweise alkoholischen Getränken und schmuddeligen Filmchen kamst.

Später entpuppte sich die Zeit jedoch als ungebetener Quälgeist.

Sie war es schließlich, die deiner Zellteilung riet, nur noch „ Dienst nach Vorschrift" zu leisten und selbst dieses Tempo noch zu verlangsamen. Die Zeit war es auch, die deine blanke Kopfhaut aufstachelte, sich Quadratzentimeter um Quadratzentimeter zu erobern. Sie hängte sich wie Bleigewichte an jede Form von Bindegewebe. Sie grub mit einer Schaufel tiefe Löcher in dein Hirn und hinterließ bei jedem Ausholen mit dem Stiel eine kleine Delle in Oberschenkel und Po.

Und wie es bei ungebetenen Gästen halt immer so ist, sie bleiben viel länger als erwünscht. Eine Zeit lang dachtest du schon, sie sei endlich verschwunden.

Du hast Sport getrieben, dich gesund ernährt. Doch sie hatte sich nur versteckt. Versteckt in Körperöffnungen. Als Polyp oder als Hämorride getarnt saß sie dort und lauerte wie ein Panther im dichten Unterholz. In einem kurzen Moment der Schwäche erbeutete sie deinen Bauch zurück und ließ sich dort in Jahresringen nieder.

Es wird Zeit, sich mit der Zeit zu arrangieren, denn sie ist lange schon kein Gast mehr. Sie ist längst bei dir eingezogen.

Thorsten Schönberg

Das Flusspferd

Es fand einmal ein Flusspferd,
es wäre einen Kuss wert.
Kein Flusspferd sonst zugegen,
so blieb zu überlegen,
wenn keine anderen hier seien,
vielleicht ein echtes Pferd zu freien.
Doch find erst mal `nen Gaul
mit so `nem Riesenmaul."

Thorsten Schönberg

II

Spurlos verschwunden.

Es gibt Tage, die haben's in sich! Man vergisst sie nicht, selbst wenn sie Jahrzehnte zurück liegen. Sie sind so lebendig im Gedächtnis eingespeichert, dass man sie in allen Einzelheiten erinnern kann. Wohl jeder von uns kennt das.

Von einem solchen Tag in meinem Leben will ich berichten. Er fing ganz harmlos an: Seinerzeit lebte ich mit meiner Familie auf einem großen Bauernhof. Eines Tages hatten mein Mann und ich einen wichtigen Termin in der Stadt. Unsere Zwillinge, damals noch klein, waren zum Spielen bei ihrer Freundin untergebracht. Eben wollten wir aufbrechen, als ein Auto in die Hofeinfahrt bog. Heraus stieg Herr Schwarz, seines Zeichens Handelsvertreter für Futtermittel und Mineralstoffe. Wir waren in Eile, eigentlich kam er ungelegen, dennoch schnackten wir uns fest. Vertreter kommen viel herum, sie hören hier dies und dort das, manches davon ist sehr nützlich. Außerdem konnten wir gleich unsere nächste Bestellung ordern.

Die Zeit drängte, wir verabschiedeten uns, und beim Abschließen der Haustür fragte mein Mann: „Wo ist eigentlich der Hund?" Ich antwortete: „Ich glaube, im Haus". Sicherheitshalber schloss er noch einmal auf, ging durchs Haus, pfiff und rief: Kein Hund.

Jetzt wurden wir hektisch. Draußen zu rufen blieb ohne Erfolg. Mit sehr ungutem Gefühl machten wir uns schließlich auf den Weg. Als wir zwei Stunden später zurückkamen, war der Hund immer noch verschwunden. Voll böser Ahnungen begannen wir, ihn zu suchen. Ein mühsames Unterfangen, denn auf dem weitläufigen Gelände gab es etliche Stallungen voller Tiere und mehrere Scheunen, in denen Maschinen und Gerätschaften abgestellt waren. Dummerweise hatte ich morgens vergessen, ihm das Halsband abzunehmen. Hatte er sich irgendwo damit verhakt? Nein, dann würde er bellen.

War er mal wieder verbotenerweise zum Nachbarn geschlichen, wo er die Futterschüssel der Katzen leer zu fressen pflegte? Nein, dann wäre er schon wieder zurück und hätte uns scheinheilig an der Haustür begrüßt.

War er auf der Jagd nach Ratten in eine der Jaucherinnen gefallen? Jämmerlich ertrunken? Die Rinnen waren fast einen Meter tief. Für einen Dackel keine Chance, herauszuklettern. Dann kämen wir zu spät.

Zu allem Überfluss kam mir auch noch die Geschichte mit der Katze in den Sinn: Sie war in den Trichter der elektrischen Schrotmühle gefallen und konnte nicht wieder raus. Um ein Haar hätte sie einen grässlichen Tod gehabt, zerhackt von den Schlägeln. Wir hörten ihr Klagen einzig und allein durch einen Zufall, kurz bevor wir die Maschine anstellten. Ich spürte einen Kloß in der Kehle und meine Knie fühlten sich weich an. Gerade weil nichts von ihm zu hören war, mussten wir mit dem Allerschlimmsten rechnen. Die Kinder wurden zurückgebracht. Sie merkten sofort, wie besorgt wir waren und wollten wissen, was los sei. Als ich ihnen sagte, der Hund sei weg, begannen sie, fassungslos zu weinen. Der Dackel war ihr allerliebster Spielkamerad! Wir suchten weiter, aber der Hund blieb unauffindbar. Ein Auto fuhr auf den Hof. Das war doch Herr Schwarz! Wieso kam der noch mal zurück? Er öffnete die Beifahrertür, und wer sprang da heraus, kam zu uns gerannt, sprang freudig an den Kindern hoch und leckte ihnen über das Gesicht? Unser Dackel. Als leidenschaftlicher Autofahrer pflegte er jede offenstehende Tür zu nutzen, auch die von fremden Autos.

Elisabeth Albert

E-Mails

Hüüt heff ik dree E-Mails verschickt. An een weer de Sluss vun uns nieget Book anhängt. Jo, dat geiht nu in de letzten Arbeidsschreed. Dörchlesen, verbetern, verännern un denn in de rechte Form bringen un drucken laaten. Dormit dat to de Bookvörstellung ferdig is. Un denn heff ik an miene Kollegen in'n Vörstand vun den Handwarks- un Gewarfvereen mailt un se de Punkte för de tokamen Vörstandssitten mitdeelt. Een Mail güng an een Fründ, em heff ik to'n Bortsdag graleert. Un glieks schick ik noch miene Artikel an de RUNDSCHAU. Düsse Mails künnt de Amis mienswegen all lesen. Un de Englänner ook. Un wenn ik denn mol ünnerwegens bün un mien Fru een Mail schick, denn künnt plietsche Lüüd vun den Geheemdeenst sik all denken, dat ik ehr leev heff. Un allens annere heff ik fröher ook nich op een Postkort schreven, un dat kümmt hüüt ook nich in een Mail. Nee, wi normale lütte Lüüd künnt doch nich meent sien, wenn de Amis un de Englänner na Daten in't Internet söökt. Een beten grenzwertig warrt dat denn, wenn ik mi över Google erkunnig, woans denn een Molotow-Coctail buut warrt, wiel ik dat för den Borsholm-Krimi bruuk. Avers dat sünd ja eher Utnahmen, kümmt blots ganz selten vör. Un wenn de Geheemdeenste vun de Amis un de Englänner dicht holt un de Sluss vun unsen niegen Krimi nich in de BILD-Zeitung steiht, denn is mi dat ook eenerlei.

Jürgen Baasch

Braugerstenbesichtigung

Zum besseren Verständnis meiner Geschichte möchte ich vorrausschicken, dass sie sich in fast ‚grauer' Vorzeit ereignete. Einer Zeit, als Mobiltelefone noch nicht einmal in der Idee existierten, einer Zeit, in der noch Reisepässe für Besuche in europäische Nachbarländer benötigt wurden und als die Fährverbindung von Deutschland nach Dänemark noch von Großenbrode nach Gedser verlief.

Eben auf dieser Fähre befand sich eine Reisegruppe bestehend aus interessierten Landwirten, den Getreideexperten der Landwirtschaftskammer Schleswig-Holstein und einigen Getreidehändlern. Die Landwirtschaftskammer hatte zur jährlichen Braugerstenbesichtigung nach Dänemark eingeladen. Nach unterhaltsamen drei Stunden auf See ging es in Gedser an Land – jedoch nicht für alle! Der Getreidekaufmann Hartmut Sendler durfte nicht nach Dänemark einreisen, weil er seinen Pass nicht finden konnte. Er krempelte die linke Hosentasche um und dann die rechte, nachdem er seine Brieftasche vergeblich durchsucht hatte. Jetzt kamen alle Jackentaschen einzeln an die Reihe. Die Reihe der bisher gleichmütig wartenden Mitreisenden wurde ein bisschen unruhig. Standbein – Spielbein – wieder Standbein...

„Haben Sie schon in Ihrer Aktentasche nachgesehen?" „Da habe ich die Ausweispapiere nie!" Aber Herr Sendler, dessen Gesicht sich zunächst ein bisschen rötete und dann immer mehr an Farbe zunahm, durchsuchte trotzdem eifrig seine Aktentasche. Weil so ein kleiner Reisepass zwischen großen Papieren leicht ein Versteck finden könnte, musste der unfreiwillige Darsteller dieser Einmannshow den ganzen Inhalt der Tasche auspacken. Und da der kleine Tisch an der Abfertigung nicht dafür reichte, breitete er seine Akten auf dem Fußboden aus. Erfolglos! Seine Mitreisenden begnügten sich inzwischen nicht mehr nur mit gutgemeinten Ratschlägen, sondern eher mit mürrischen Einwürfen oder auch mit einem mitleidigen Lächeln, das aber bei Herrn Sendler in seiner angespannten Situation wie ein Auslachen wirkte.

Die Reisegruppe setzte ihre Fahrt mit einem Bus fort, während Herr Sendler seine Heimreise per Fähre antrat. Nach drei relativ langweiligen - da ungeselligen - Stunden liefen sie in Großenbrode ein. Herr Sendler überlegte, wie er die Weiterfahrt nach Kiel organisieren könne. Gab es eine zeitlich günstige Busverbindung?

Er hätte sich die Anstrengung des Überlegens sparen können! „Ihren Pass, bitte!" „Meinen Pass? Ich bin doch geraden von Gedser zurückgekommen, weil ich ihn nicht habe!" „Ohne Ausweispapiere können Sie aber nicht nach Deutschland einreisen. Ich muss Sie bitten, wieder an Bord zu gehen". „Aber ich bin doch Deutscher!" „ Ohne Ihren Ausweis habe ich keine Bestätigung dafür". Dem geplagten Reisenden blieb nichts anderes übrig, als sich wieder an Bord zu begeben.

„Darf ich wenigstens zu Hause anrufen?" Er hatte die leise Hoffnung, dass seine Frau oder seine Töchter ihm den Reisepass zum Fährhafen bringen könnten. Nach mehreren vergeblichen Anrufen bei seiner Familie musste er annehmen, dass sowohl seine Frau als auch seine Töchter unterwegs seien. Vielleicht war Annette bei ihrer Freundin Birgit. Wie war nochmal Birgits Telefonnummer? Er kam nicht drauf. Die Töchter zu erreichen, war wohl illusorisch. Die konnten noch gar nicht von der Schule zurück sein. Gerade setzte Herr Sendler zu weiteren Grübeleien über andere mögliche Telefonate an, als er heftig ermahnt wurde, unverzüglich an Bord zu gehen. Also wieder eine dreistündige Übersetzung. Inzwischen hatte sich der Himmel zugezogen, und es fing an zu regnen. Er musste die Überfahrt unter Deck verbringen.

In Gedser versuchte er erst gar nicht, von Bord zu kommen. Er blieb einfach auf seinem ungemütlichen Platz sitzen und fuhr erneut nach Großenbrode, wo er wieder um die Erlaubnis zu telefonieren bat. Seit seinem letzten Versuch zu telefonieren waren sieben Stunden vergangen. Seine Familie dürfte inzwischen zu Hause sein.

„Hallo Harmut! Ist euer Dänemarkausflug schon beendet? Ich dachte, du kommst erst morgen", begrüßte ihn seine Frau. Nun konnte er ihr endlich seine missliche Lage schildern.

Sie versprach, sich schnell auf den Weg zu machen, um ihn an der „Deutsch-Dänischen Grenze" einzulösen. Mit zwei Stunden bis zu ihrer Ankunft müsste er wohl rechnen.

„Schnell, schnell Herr Sendler (inzwischen kannte man ihn hier schon – man könnte bald zum DU übergehen), kommen Sie sofort an Bord! Die Fähre legt gleich ab".

Ingrid Brandenburger

Glückfälle

Ein Pathologe namens Hannes,
Bereit zu einer Autopsie.
Zerschnitt den Leichnam eines Mannes
Und hatte dabei Glück wie nie.

Ein Schnitt präzise quer zur Stirn,
Dann nahm er ab die Schädeldecke.
So fand beim Mann er das Gehirn,
Nussgroß ganz hinten in der Ecke.

Thorsten Schönberg

Einkaufen

Einkaufen und ich wollen einfach keine Freunde werden. Warum? Okay, ein Beispiel: Ich fahre mit meinem Auto auf den Parkplatz eines Supermarktes, und direkt vor mir fährt ein Pkw deutlich unter Schritttempo. Der Wagen vor mir nimmt vergeblich drei bis vier Anläufe, um in eine riesige Lücke einzuparken (in die man, selbst mit geschlossenen Augen, eine Boeing 747 einparken könnte), um dann endlich, mit gesetztem Blinker, krächzender Kupplung und nachdem mehrfach der Rückfahrscheinwerfer kurz aufblinkte, in diese Parklücke vorzustoßen. Das Aussteigen fällt der Fahrerin natürlich schwer, denn sie fuhr zu dicht an den Wagen neben ihr, so dass sie nicht ohne die Tür des Nachbarwagens zu ,streicheln' aussteigt.

Schon ist die erste Viertelstunde verschwendet, die ersten Flüche ausgesprochen und der Blutdruck auf irgendetwas knapp über 200 angestiegen .

Ich beruhige mich wieder, dank intensiven autogenen Trainings, und setze die Mission – Einkaufen – fort.

Selbstverständlich benötige ich einen dieser metallenen Einkaufswagen, die vor dem Geschäft in einer Art Kopfbahnhof in Zweierreihen zu finden sind. Wer steht wohl vor mir und vor der Zweierreihe?

Richtig, die Fahrerin des Pkw`s, der mir bereits auf dem Parkplatz begegnet war. Und sie hat nun nichts Besseres zu tun, als mit ihrem ausladenden Hinterteil sich so ungünstig vor den Einkaufswagen zu platzieren, dass es in keinem Falle gelingen kann, aus einer der Zweierreihen einen Wagen herauszufahren.

Das Handy der Dame klingelt. Natürlich nimmt sie das Gespräch entgegen und zwar so, dass es weiterhin nicht einmal Batman und Supermann als Team möglich wäre, einen Einkaufswagen an ihr vorbei zu schleusen. Sie beendet das Telefonat mit Worten, die sich in meinem Ohr wie kleine Nadelstiche bemerkbar machen: „ Natürlich beeile ich mich. "

Was denken Sie wohl, wie oft ich dieser Naturgewalt in meinem Supermarkt noch begegne.

Abwechselnd stehen mal sie oder ihr Wagen quer im Gang. Fünf Meter weiter trifft sie eine Nachbarin und plaudert unverdrossen, ebenfalls Hauptgang blockierend, über Gott und die Welt und die neuesten Gerüchte. Wie sie es dennoch schafft, ihren Einkaufswagen so prall mit Waren zu füllen und dennoch an der Kasse zwei Meter vor mir zu sein, ist mir ein großes Rätsel.

Also geht es ans Auflegen der Waren auf das Laufband. Dieses zieht sich bei ihr über mehrere kurze Telefonate hin. Dann als krönender Abschluss das Ultimative: „ Warten Sie, ich schaue mal nach, ob ich es passend habe. " Wieder und wieder nimmt sie einzelne, kleine, funkelnde Münzen aus ihrem Geldbeutel, um sie dann jäh wieder zurück ins Dunkel der Geldbörse zu werfen. Wie oft sie dabei wohl dieselbe Münze in Händen hält? Na ja. Wie dem auch sei: Am Ende muss doch noch mit Karte bezahlt werden. Das kollektive Geraune und Gemurmel der Warteschlange begleitet die Dame nun schon solange, dass sie dies wohl nur noch als ein weit entferntes Rauschen wahrnimmt. Nach etwa gefühlten weiteren zehn Minuten ist sie endlich durch. Ist sie wirklich? Und wie vermeide ich es, ihr auf dem Parkplatz erneut zu begegnen?

Thorsten Schönberg

Fische

Es gibt sicherlich Fragen, auf deren Beantwortung Sie nicht unbedingt gewartet haben. Fragen, die Ihnen irgendwie uninteressant oder gar sinnlos erscheinen. Als Beispiel könnte diese Frage dienen: Wenn es einem Fisch körperlich nicht besonders gut geht, mit anderen Worten, er sich krank fühlt, wäre es dann nicht von Vorteil, in der Nähe eines Doktorfisches beheimatet zu sein? Doch wenn es ihm, dem Fisch, eher nach leichter amüsanter Unterhaltung gelüstet, sucht er dann lieber den Kontakt zu Clownfischen? Lächerliche Fragen, denken Sie? Da kenne ich noch viele mehr. Trägt der Barsch seinen Namen, weil er stets recht ungehalten und unwirsch, also barsch, auf seine Umwelt reagiert? Wird ein von ihrem Mann betrogenes Fischweibchen zur Lösung des Problems vielleicht einen Killerwal engagieren? Werden Goldfische häufiger Opfer von Raubüberfällen? Und so weiter und sofort...

Doch ich möchte viel lieber einmal die wirklich wichtigen Fragen stellen. Zum Beispiel: Trinken Fische eigentlich? Und wenn ja, was? Oder mich beschäftigt auch die Frage, ob auch dem Fisch beim Anblick eines besonderen Leckerbissens das Wasser im Munde (beziehungsweise Maul) zusammen laufen lässt? Oder tut es das nicht ohnehin schon ständig...?

Und a propos Leckerbissen: Nehmen wir mal an, unser Fisch ist Bewohner eines bei Anglern sehr beliebten Gewässers. Sollte ein Fisch da nicht stutzig werden, wenn ein allzu leichtfertig verhaltender Leckerbissen sich ihm quasi aufdrängt? Da sollte der Fisch sich schon fragen, ob diese Sache nicht irgendeinen Haken hat...

Thorsten Schönberg

Futterneid

Kartoffeln und Soße,
Roulade, die große,
er füllte sich reichlich den Teller.

Er schlang wirklich sehr,
denn er wollte noch mehr,
doch Hilde war dieses Mal schneller.

Sie nahm sich den Rest,
vermengte ihn fest,
bis alles ergab `nen Verbund.

Der Ehemann staunte,
als sie zu ihm raunte:
„ Den Rest, den kriegt heute der Hund."

Thorsten Schönberg

Echt Profi

Im Media-Markt war Hochbetrieb. Es gab Sonderangebote und die beiden hatten sich verabredet, „das mal zu checken".

„Eh! Haste das gesehn?"

Porky blickte unwillig von seinem Smartphone auf: „Was denn?"

Marco zeigte mit dem Daumen schräg hinter sich: „Na den Typen da drüben!"

„Welchen denn?" tuschelte Porky zurück, nun doch interessiert.

„Den mit den Rastas da. Äh Mann! Der hat geklaut!"

„Cool. Was denn?" In seinen Augen blitzte es bewundernd auf.

„Na die Kamera. Pass auf, die ham was gemerkt. Gleich gibt's hier Äkschn!"

Ein Mann mit Namensschild am Hemd forderte den Kunden auf, seine Taschen zu leeren. Ruhig und sachlich.

„Du spinnst. Hast wohl`n Knick inne Optik", kicherte Porky. „Der hat nix inne Taschen, siehste doch!".

„Geil! Echt Profi! Hat er gleich weitergegeben. Da, der Typ, der da rausgeht, hat sie". Marco wies mit dem Kinn in Richtung Ausgang. Dann packte er plötzlich Porkies Arm und flüsterte: „Lass uns mal abhaun. Die

Bullen kommen. Das muss ich mir nicht antun. Hab null Ausweis mit".

„Ich glaub, ich auch nicht." Porky griff mit beiden Händen an seine Jacke, erst ratlos, dann ungläubig: „Äh Mann, wo is' mein Handy?"

„Wieso?" Marco drängte bereits in Richtung Kassenausgang, drehte sich um und hörte Porky fassungslos murmeln:

„Hatt ich doch da drin. Is' weg!"

„Mist", sagte Marco und es entstand eine Pause: „Geklaut!"

Elisabeth Albert

Geschenke

Dat gift ja Geschenke, över de freit man sik - un denn stellt man se weg. Bet Tante Frieda, oder wer jümmer dat schöne Stück to`n Burtsdag mitbröcht hett, wedder to Besöök kümmt. Denn warrt dat goode Deel wedder ut de Afsiet rut holt un kriggt een Vörzugsplatz

Aver wat maakt man, wenn dat Geschenk so groot is, dat man dat gor nich bören kann? Ton Biespeel een riesengrooten Blomenputt, den di een Gönner in dien Vörgorden stellen lött. So groot, dat du em nich hin- un her wötern kannst. Bruukst jedet Mol een Lader för. Un Platz hest du för de gewaltigen Pött mit ehre gröönen Planten, de vun Stiefmütterchen ümzingelt sünd, annerswo ook nich. So mütt de Pütt wohl stahn blieven, wo se sünd.

Op unsen Rathusplatz

Jürgen Baasch

Menschlichkeit

Der Wert des Menschen sich bemisst,
nicht ob er klug und kräftig ist.
Vielmehr bemess ich seinen Wert,
ob ihn auch Leid des Nächsten schert.

Thorsten Schönberg

III

Frühling – Segen oder Fluch

Wenn sich der Winterwind erst dreht
und einen Hauch von Süden weht
und sich die Sonne endlich traut
und wärmt mir Seele und auch Haut
die Welt gespickt mit bunten Tupfen
dann ist er da, der fiese Schnupfen!
(Heuschnupfen)

Thorsten Schönberg

Essen ist nicht mehr einfach nur Essen

Früher...
Früher wurde gegessen, um zu überleben. Der Mensch aß, weil es ein Grundbedürfnis war. Essen sicherte das Überleben. Punkt. Da wurde gegessen was auf den Tisch kam.
Heute hingegen isst man, weil man meistens Appetit verspürt...weil man Bock auf Etwas hat.
Bock auf was Süßes, Bock auf was Deftiges ...Bock auf was Leichtes, Bock auf was Salziges, Bock auf was asiatisch Angehauchtes, Bock auf `nen Grillteller...

Und wo bleibt da der Hunger? Bleibt der Hunger neuerdings auf der Strecke? Ist der Hunger ausgemerzt, abgeschafft? Bekommt man Hunger nur noch in alten Filmen zu sehen? Müssen wir erst unsere Heimat verlassen, um auch mal echten Hunger sehen zu dürfen? Muss, wer den Hunger sucht, dann verreisen? Gibt es bald Hungertourismus? Wird das berühmte „Hungertuch" an dem man auch hierzulande nagte, nur noch im Textilmuseum zu bestaunen sein? Mit Hunger ist es so ziemlich das gleiche wie mit: „Zieh dir was Warmes an, damit du nicht frierst." Wir essen also frühzeitig, damit uns der Hunger nicht erwischen kann. Denn dann müssten wir notgedrungen wieder das essen, was auf den Tisch kommt...und wer hat da schon „Bock drauf"!

Thorsten Schönberg

Wie die Löcher in den Käse kamen

Zwei Käseleiber, unzerkaut,
die stritten um die Wette.
Die stritten sogar furchtbar laut,
wer mehr Geschmack wohl hätte.

Der erste Käse sprach gewitzt:
„ Mein lieber Freund, nun gilt` s!
Geschmack bei mir im Innern sitzt,
verstärkt durch Edelpilz.

Der zweite Käse sprach danach
nun wiederum zum ersten:
„ Wart es nur ab, mein Freund, gemach,
du wirst vor Wut gleich bersten…

Es wird der Mensch mal aufgeschreckt,
und sei es nachts um vier.
Und nascht von dem, was ihm gut schmeckt,
voll Heißhunger und Gier.

Man hört ihn nicht, er schleicht so leis,
doch nascht er noch und nöcher.
Von mir natürlich, als Beweis,
schau her die vielen Löcher.“

Thorsten Schönberg

Der Hase oder der Fluch der Hormone

Es saß einst ein Hase
im taufrischem Grase.
Doch während er kaute,
da hörte er Laute.

Zunächst aus der Ferne,
das hörte er gerne.

Doch näher sie kamen,
und er schien zu ahnen:
„ Komm Hase sei schlau,
verschwinde im Bau."

Nach unten, da schlich er.
Doch war er nicht sicher,
ob`s oben gewesen
eine feurige Häsin.
Denn er war deren Sammler,
ein tollkühner Rammler.

So fiel sein Entschluss:
Nach oben er muss!
Doch gab`s keinen Kuss,
es brach laut ein Schuss.

Der Hase getroffen,
er schien wie besoffen.
Der Hase, er wankte,
er taumelte, schwankte
und schließlich abdankte.

Was der Hase bereute,
seinen Jäger erfreute,
du isst seine Beute
vielleicht gerade heute.

Und ohne geht`s nicht...
Die Moral der Geschicht`:
Es muss sich nicht lohnen,
folgst du den Hormonen.

Thorsten Schönberg

IV

Hühnchens Spaziergang

Ein Hühnchen, reizend anzusehn,
verließ den Stall, es wollt mal gehn
zu seiner Nachbarin, der Ente,
denn die war damals schon in Rente.

Die Ent` war leider nicht zu Haus.
Doch sah ihr Mann zum Fenster raus,
sie käme abends erst zurück.
„Oh schade, da hab ich kein Glück!"
sprachs Hühnchen und fing an zu denken,
wohin jetzt seinen Schritt zu lenken.

Es lief im Kreis und hin und her
es wusste keinen Rat sich mehr.
Dann gings nach Haus, was jeder sah.
Doch höret nun, was dann geschah:

Das Hühnchen, reizend anzusehn,
verließ den Stall, es wollt mal gehen
zu seiner Nachbarin, der Ente....

Elisabeth Albert

Kindererziehung

Als die größte Herausforderung in meinem Leben habe ich die Erziehung meiner Kinder empfunden. Was dient dem Wohl und der Entwicklung der Kinder? Soll ich immer konsequent bleiben, auch wenn die Liebe zu den Kindern mich eher zu Nachsicht und Nachgeben verführt. Auch das Thema Vorbild zu sein ist zu bedenken. Dass ich ausgerechnet die Erziehung zur Wahrheit mit einer Lüge gestaltete, war nicht nur paradox, sondern entsprach nicht im Geringsten meiner angestrebten Vorbildfunktion.

„Stimmt das, was du behauptest? Warst du wirklich nicht beim Spielen auf Papas Schreibtisch gelandet und hast umsortiert?" „Wer hat die Katze eingesperrt?" „Hast du die Vase heruntergerissen?" „Sind deine Schularbeiten fertig?" - Ähnliche Fragen mehr gab es im täglichen Familienleben. Ich forderte dann:

„Komm her und guck mir in die Augen!" Da meine Kinder von mir wussten, dass man Kuller in den Augen hat, wenn man lügt, trauten sie sich nicht, mich anzusehen. Vor mir stand nun ein kleiner Sünder mit gesenktem oder abgewandtem Kopf, und ich wusste, was los war.

Ingrid Brandenburger

Disziplin

So wie fast jede Frau im Grunde,
so kämpft auch Ilse gegen Pfunde.
An ihren Beinen, ihrem Bauch
und an den Hüften sicher auch.

Sie spart beim Essen manchen Happen
damit die kurzen, viel zu knappen
alten Kleider wieder passen,
die sie im Schrank hat hängen lassen.

Die hängen dort als stete Mahnung.
Als Ansporn und als letzte Warnung:
Tritt nie die Disziplin mit Füßen,
sonst wirst du`s später bitter büßen.

Thorsten Schönberg

Wünsche

Durch Arbeit verdient mancher redlich sein Geld
und hat sich im Geiste sein Feld schon bestellt.
Die Wunschtheke reicht ihm 3 Autos, 2 Häuser,
dort lebt er mit Pferden, mit Hund und Kartäuser.

Die Wünsche sind groß, man hat sich`s verdient.
Doch leider sind Wunschpfade oftmals vermint.
So muss man oft Wünsche ersetzen, erneuern
...nach Abzug der Steuern!

Thorsten Schönberg

Zähneputzen

Er könnt die Zeit viel besser nutzen
Als morgens früh mit Zähneputzen.
Könnt liegen bleiben, schlafen noch
Könnt Schlummern, einfach Ruhen, doch
Hilft kein Gejammer, kein Gezeter
Die Mundhygiene lieber Peter
Ist wichtig wie das täglich Brot
Die Mundflora im rechten Lot
Sonst lastet bald als böser Fluch
Auf deinem Atem Mundgeruch.

Thorsten Schönberg

Von Würstchen, Benzin und Energiesparlampen

Was ist nur aus der schönen heilen Welt geworden. Aus der Überflussgesellschaft der Nachkriegsgeneration. Als man noch hemmungslos konsumieren durfte. Da ging man noch zum Fleischer, kaufte sich ein Viertel Aufschnitt und die Verkäuferin fragte freundlich: „ Darf es auch ein wenig mehr sein?" Heute darf es ja nicht „ mehr" sein. Da muss es vor allem weniger sein. Weniger Fett, weniger Kalorien, am besten gleich ohne Wurst. Nur Konservierungsstoffe, soll sich ja schließlich lange halten. Und früher, da hat jedes Kleinkind von der Fleischerin eine Wienerwurst gleich in die Hand bekommen und wenn du kein Kind hattest, dann hat halt der Hund die Bockwurst bekommen. Und heute? Da darfst du den Hund nicht mehr mit rein nehmen, nur noch draußen anbinden. Dauert nicht mehr lange, da musst du auch die Kinder draußen anbinden. Gibt ja heute schon Kindergärten in Industriegebieten.

Früher haben die Autos auch noch richtig geschluckt. Benzin bis zum Abwinken. 15, 20 Liter und keinen hat es gejuckt. Da wurde noch regelmäßig vollgetankt. Und weil`s uns so gut ging, da haben wir gleich noch die Feuerzeuge mit betankt. Feuerzeugbenzin, das darfst du doch heute keinem mehr erzählen. Und weil`s uns damals so richtig gut ging, haben wir damit auch noch sauber gemacht...Waschbenzin!

Und heute, da tankst du doch höchstens noch für 10 Euro, immer gerade eben so über Reserve. Und dann sind schon fast Broker-Kenntnisse gefordert. Markt beobachten, analysieren, Rohstoffpreise in Asien und politische Entwicklungen in Nahost im Auge behalten...und wenn der Moment dann günstig erscheint, gnadenlos für 30 Euro tanken...Timing heißt das Zauberwort...bin gespannt, wann die ersten Geldhäuser auf den Zug aufspringen und Optionsscheine für Normalbürger auf Benzin heraus bringen.

Früher war es auch wärmer. Heute traust du dich ja kaum noch zu heizen. Früher hast du vielleicht auch das Schlafzimmer nicht geheizt, aber da hattest du 100 Watt Glühlampen auf beiden Nachttischen. Mit denen hast du gleich das ganze Schlafzimmer mit beheizt. Heute gibt es ja nur noch Energiesparlampen. Bald werden dann wohl auch keine Kriminalfälle gelöst werden. Geständnisse : Mangelware. Wer wird schon einen Mord gestehen, wenn ihm ein Kripobeamter eine 6 Watt Energiesparlampe vors Gesicht hält, die erst mal zehn

Minuten braucht um auf „ Normalleuchtkraft" zu kommen. Da lachen sich die Mörder doch tot...

Thorsten Schönberg

V

Spargelzeit

Wir haben Frühsommer; und doch werden in Mailand, Rom, Paris oder New York schon die neuen Modetrends für die nächste Wintersaison vorgestellt. Ich für meinen Teil kann mich allerdings momentan nur schwer in den nächsten Winter und seine Stimmung hinein versetzen. Wie also soll ich mich mit den neuesten Modetrends anfreunden, wo doch Mode ganz sicher etwas mit Stimmungen zu schaffen hat?

Ganz ähnlich ergeht es mir, wenn in den Supermarktregalen bereits im Spätsommer, bei immer noch heißen Temperaturen, die ersten Lebkuchen feil geboten werden. Weihnachtsstimmung empfinden bei schwülen 29 Grad? Weitere Kandidaten für solcherlei verfrühte Genüsse gefällig? Dank Gewächshäusern und Folientunneln gibt es Erdbeeren im Advent und Spargel im Februar. Und wie weit wollen wir dieses Spielchen noch treiben? Spargel vielleicht schon im Advent oder besser noch bereits im September? Und treibt man dies auf die Spitze, dann gibt es den ersten Spargel, so wie es sich eigentlich gehören sollte, wieder im April, Erdbeeren im Sommer und Lebkuchen in der Adventszeit?

Thorsten Schönberg

Frösche

Es hatte reichlich geregnet und der Rasen musste dringend gemäht werden. Nun gut, also den Rasenmäher rausgeholt, elektrisch, die rot-gelbe Traditionsmarke, das Kabel vorbereitet und los geht's. Schon nach wenigen Metern der erste Stopp: Es ist wieder so weit: Froschwanderung, das jährlich sich wiederholende Naturschauspiel: Überall im Gras sind winzige Frösche unterwegs, nur halb so groß wie mein Daumennagel mühen sie sich durch das Gras, alle in einer Richtung, zum See. Sie krabbeln zwischen den Gräsern und sind nur bei aufmerksamem Hinsehen durch ihre Bewegungen zu bemerken, noch schwieriger zu fangen. Also alle paar Meter den Rasenmäher abstellen, Frösche einsammeln, wegtragen, Rasenmäher wieder einschalten und weiterfahren. So richtig zügig komme ich dabei natürlich nicht voran....

Ein anderer Tag: Mein Blick fällt auf einen größeren bräunlichen Fleck im noch ungemähten Gras. Ein ausgewachsener Frosch sitzt dort, reglos, abwartend, so als ginge ihn das Rasenmähen überhaupt nichts an. Mich packt der Schabernack: Ob er wohl abhaut, wenn ich ihm vormache, ein Storch zu sein? Ich nähere mich langsam mit von oben vorgestreckter Hand. Als der Schatten auf ihn fällt, macht er lediglich einen mickrigen Hüpfer, und wartet wieder ab. So richtig überzeugend bin ich demnach nicht als Storch. Vielleicht sollte ich mal so tun, als sei ich eine Ringelnatter. Hier am See gibt es viele Frösche und sie stehen bei den Schlangen ganz oben auf dem Speiseplan. Also hole ich mir einen Stock, eine dunkelgrüne Blumenstütze, lege sie ins Gras und schiebe sie langsam auf den Frosch zu. Ich bin noch weit entfernt, da macht er eine Riesensatz und gleich noch einen und verschwindet im Gebüsch. Ich schaue ihm verblüfft hinterher. Eine Ringelnatter muss sehr geschickt sein, so einen Frosch zu erwischen. Und warum das Interesse an den Fröschen? Ganz einfach: ich liebe Froschkonzerte. Schon als ich Kind war, gehörten sie einfach zum Beginn des Sommers dazu. Sie saßen im Hofteich und sangen Strophe um Strophe. Ach ja, der Teich... aber das ist wieder eine andere Geschichte.

Elisabeth Albert

Thorsten Schönberg

Nachhelfen

Ob Puderquast, ob Lippenstift.
Ob Faltencreme, ob Botox-Gift.
So manche Frau half sich und puschte,
was vorher die Natur verpfuschte.

Triebe

Wenn ein Mann trotz seiner Triebe
verzichtet freiwillig auf Liebe
das heißt, wenn er sich seinen Samen spart
trug sie vielleicht `nen Damenbart

Ecken

Mein Wohnraum hat vier Ecken,
und eine mehr noch hat mein Flur.
Dazu konnt ich noch zwei entdecken
In meiner eig`nen Haarfrisur.

Traummaße

Der Frauen liebstes Taillenmaß
so sechzig Zentimeter.
Doch nicht bei Edeltraut, die aß
zu gerne Wackelpeter.

Nach Arien der Völlerei
Hat`s niemanden verwundert.
Ihr Taillenmaß ganz nebenbei
lag deutlich über hundert.

VI

Von Amseln und Dämonen

Was ist bloß mit den Amseln los...
Von welchem Dämon sind diese Vögel bloß besessen? Was treibt die gefiederten Gesellen an?

Sie werden es sicherlich auch schon erlebt haben: Sie fahren nichtsahnend mit ihrem Auto durch ein Wohngebiet, in dem fast jedes Einfamilienhaus ein kleines Stück Rasen, einen Baum und als Grundstücksgrenze eine Hecke besitzt. So weit, so gut...
Sie sind vielleicht noch in Gedanken bei Ihrem leckeren Morgenkaffee oder schon bei der anstehenden Arbeit, zu der sie unterwegs sind. Sie haben es nicht eilig, schließlich gilt sowieso ein Tempolimit von 3o Stundenkilometern in den meisten Wohngebieten... als urplötzlich, wie aus dem Nichts, eine Amsel unmittelbar vor Ihrem Pkw in einem halben Meter Höhe in buchstäblich letzter Sekunde die Straße kreuzt!
Warum nur fliegen diese Geschöpfe stets auf Kniehöhe? Schließlich könnten sie die Straße auch in drei oder besser noch in fünf Metern Höhe gefahrlos überqueren. Aber nein, es muss ja auf Stoßstangenhöhe sein. Und immer, wirklich immer in buchstäblich allerletzter Sekunde. Ach was sag ich: Bruchteile von Sekunden, bevor es zum Zusammenstoß kommt!

Ist es Schabernack? Ist es vielleicht so, dass Amselmännchen durch besonders waghalsige Straßenüberquerungsmanöver versuchen, die Amselweibchen zu beeindrucken? Ich weiß es nicht. Als Trost dient mir dann meist der Gedanke, dass diese irren Aktionen bestimmt nicht immer ohne Folgen für die Amseln bleiben. Nicht, dass ich es ihnen gönnen würde, von einem Wagen erfasst zu werden. Nein, soweit würde ich nicht gehen. Aber wer, nach dem Überqueren der Straße, in höchstem Tempo in eine Hecke fliegt, setzt sich sicherlich der Gefahr aus, sich bei einem solchen Aktion mal einen Ast oder vielleicht einen feinen Zweig ins Auge zu pieken...

Thorsten Schönberg

Töön

De mehrsten Lüüd, de to dat Musikfestival in de
Klösterkark ströömt, geiht dat nich üm schööne Töön,
sünnern um den goden Toon.

Jürgen Baasch

Berufswahl

Anstatt mit Lust und ohne Stress
Geh ich mit Grauen meist zur Arbeit.
Es herrschen Frust und auch Tristesse.
So sieht sie aus, die ganze Wahrheit.

Man könnt kaum Schöneres erleben,
Als wär dein Hobby dein Beruf.
Doch war kein Hobby wohl zugegen,
Als man mir meinen damals schuf.

Thorsten Schönberg

Brille.

In Ostholstein, wo ich aufgewachsen bin, gibt es eine ganze Reihe adliger Familien, alle Groß-grundbesitzer. Damals blieben sie meist unter sich, was den gesellschaftlichen Umgang angeht. Das hatte zur Folge, dass wir alle an Nachrichten aus „dem Adel" interessiert waren, s i e waren damals unsere „Promis"!

Es muss kurz nach dem Krieg gewesen sein, wo Alltagsgegenstände noch kostbar waren, als sich Folgendes ereignete: Der Herr Graf pflegte regelmäßig über seine Felder zu reiten. Er und sein Schimmel waren bereits in die Jahre gekommen und schätzten deshalb ein gemütliches Tempo. An jenem Tage, von dem ich berichte, war dem Grafen nicht ganz wohl. Unterwegs überkam ihn ein menschliches Rühren: „He müss mol ut de Büx", wie man landläufig sagt. Nun befand er sich an einem Feldrand und meilenweit entfernt von allen sanitären Einrichtungen. Und es war dringend. Er stieg also von seinem Schimmel und begab sich hinter einen Knick, um die Angelegenheit zu erledigen. Hier muss ich erwähnen, dass er eine Angewohnheit hatte, die - an sich harmlos - unter diesen Umständen von großem Nachteil war: Er nahm bei seinen „Sitzungen" immer seine Brille ab. Und so auch dieses Mal: er klappte sie sorgfältig zusammen und legte sie neben sich. Als alles erledigt war, wollte der Graf erleichtert seinen Ritt fortsetzen. Aber sein Pferd hatte zwischenzeitlich die Gelegenheit ergriffen und sich grasend ein Stückchen entfernt, wobei es seinen Herrn gleichwohl aus den Augenwinkeln beobachtete. Als dieser sich nun entschlossen näherte, um wieder aufzusitzen, zeigte das Pferd einen ganz speziellen Humor: Immer, wenn der Graf fast nahe genug war, die Zügel zu ergreifen, sozusagen nur Armeslänge entfernt, ging das Tier einige Schritte weiter. Dies wiederholte sich viele Male. Der Graf war sich über die Spielregeln durchaus im Klaren: Seine einzige Chance bestand darin, sich dem Tier immer wieder aufs Neue langsam und unter freundlich schmeichelndem Zureden zu nähern, um mit viel Glück in einem passenden Moment doch noch die Zügel zu erwischen. Dies erforderte eiserne Selbstbeherrschung, denn sein Ärger war erheblich. Schließlich wurde der Schimmel des Spiels müde und ließ seinen Herrn aufsitzen. Dieser war zwar erleichtert, bemerkte aber erst jetzt, dass alles so eigenartig verschwommen aussah. Um Himmels willen: Er war extrem kurzsichtig! Seine Brille! Der Schimmel trug ihn zwar brav nach Hause, aber die Brille... Am Stall kam ihm das Faktotum, genannt „Herrmannkutscher", entgegen und bemerkte sofort, dass etwas nicht stimmte. Der Graf räusperte sich verlegen, aber es nützte nun mal nichts: die Brille musste wieder her. Also zog er „Herrmannkutscher" ins Vertrauen und schickte ihn mit dem Hinweis auf den Feldrand, den Knick und eine Stelle mit herunter getretenem Gras und na ja...und direkt daneben... auf die Suche. Am Abend war die Brille dann auch wieder an ihrem Platz.

„Herrmannkutscher" war und blieb verschwiegen und über die Sache wuchs erst einmal Gras. Die Geschichte wäre auch nie bekannt geworden, hätte nicht der Graf selbst eines Tages dafür gesorgt, dass wir sie erfuhren: Er selbst gab sie zu vorgerückter Stunde bei einem feucht-fröhlichen Jagdessen zum Besten.

Nie wieder wurde eine Brille so ausgiebig zum Gesprächsthema!

Elisabeth Albert

Jäger und Sammler

Es gilt gemeinhin als erwiesen, dass die Frau am Tag ungefähr 5000 Worte spricht. Zum Leidwesen des Mannes, der nur einen Bruchteil dieser Wortflut von sich zu geben in der Lage ist, sind etwa 4900 dieser Worte an ihn gerichtet. Aber wie ist dieser Umstand zu erklären? Nun, da müssen wir einmal ganz weit zurück reisen in der Menschheitsgeschichte, als die Menschen noch Jäger und Sammler waren. Genauer gesagt waren die Männer Jäger und die Frauen Sammler. Wenn sich nun die Männer auf der Jagd an eine Gruppe scheuer Antilopen pirschten, wäre es absolut kontraproduktiv gewesen, sich lauthals über die unterschiedlichen Farben der Speere zu unterhalten. Nein. Da gab es nur kurze, knackige Anweisungen wie: „ Du mit Speer...komm her!" Oftmals wurde nicht einmal so viel gesprochen. Da wurde sich mit Zeichensprache verständigt. Ein solches Urverhalten ist bei Männern auch heute noch anzutreffen. Beispielsweise wenn der Mann eine Sportübertragung im Fernsehen verfolgt und seine Ehefrau ihm staubwischend durchs Gesichtsfeld trabt. Dann macht er ihr mit ganz eindeutiger Handbewegung klar, sie möge doch endlich aus dem Bild verschwinden. Nun, die Frau als Sammlerin musste früher weniger Rücksicht nehmen. Sie konnte quasseln so viel sie wollte. Erdbeeren hängen nun einmal am Strauch und selbst wenn die Erdbeeren gewollt hätten, sie konnten vor den Wortfluten einfach nicht fliehen. Und auch durchaus bedauernswerte Wurzeln, waren sie doch scheinbar im Erdreich ausreichend vor der Geräuschkulisse dauerquasselnder Frauen geschützt, wurden ausgegraben. Vor diesem Hintergrund scheint es beinahe als ein erster unzureichender Fluchtversuch des Obstes, bei voller Reife vom Baum zu fallen…weiter kam es bisher leider nicht. Der Jagd ist auch zu verdanken, dass der Mann so ein Shopping-Muffel ist. Man versetze sich einmal in den Mann: Er ist wochenlang unterwegs. Der Hunger quält ihn. Er folgt einer Herde Wasserbüffel. Um den Tieren die Möglichkeit zu nehmen, ihn zu wittern, ist er über und über mit Wasserbüffelscheiße beschmiert. Und wer soll es ihm da verdenken, dass der Mann auf einen schnellen Jagderfolg aus ist. Meist fielen ihm nur die schwächsten Tiere zum Opfer. Unter diesen Voraussetzungen, schwache Beute, erklären sich auch solche Modesünden wie: weiße Tennissocken zu Ledersandalen und karierte kurze Hose, kombiniert mit weißem Oberhemd oder Muskelshirt. Der Mann durfte nicht wählerisch sein, sondern habe die leichte Beute zu fangen… Was denken Sie? … wenn eine ausgezehrte Frau an einer Wasserstelle sich einem

Rudel äußerst scheuen Kleidern genähert hätte, und es wäre ihr unter Einsatz ihres Lebens gelungen, ein Kleid zu erbeuten…glauben Sie allen Ernstes, sie würde dieses Kleid wieder frei lassen mit den Worten: „Ich fang mir eine anderes, eine Nummer größer!"

Thorsten Schönberg

Der Schatz des Regenbogens

Der Schauer war abgezogen und ein Windstoß trieb die Wolken auseinander. Die Sonne blinzelte durch die Lücke und machte sich ans Werk: Sie malte einen prächtigen Regenbogen, welcher auf der einen Seite aus einer flachen Wiese wuchs und mit seinem anderen Ende bei einem Birnbaum an der Abbruchkante einer Kiesgrube wieder die Erde erreichte.

Zur gleichen Zeit stand ein kleiner Junge am Fenster seines Kinderzimmers und bestaunte das farbige Wunderwerk. Plötzlich kam Leben in das kleine Kerlchen, es stürmte die Treppe hinunter und rief:" Papa, Papa, schnell! Ich hab gesehen, wo der Regenbogen in die Erde geht. Schnell, da ist ein Schatz vergraben. Wir brauchen eine Leiter, da steht ein Baum!"

Der Vater zögerte, er hatte gerade sein Lieblings-Action-Spiel am PC gestartet. Doch der Kleine bettelte so herzerweichend und klopfte mit seinen kleinen Fäusten auf den Tisch, dass er abbrach. Sie einigten sich schließlich, zogen ihre Jacken an und marschierten los. Der Vater versprach, es würde auch ohne Leiter gehen.

Doch je mehr Vater und Sohn sich dem Regenbogen näherten, desto mehr wich dieser vor ihnen zurück.

Als sie den Birnbaum erreichten, hatte der Regenbogen längst den großen Kanal überquert und berührte die Erde am anderen Ufer.

Enttäuscht blieb der kleine Junge stehen und blickte sehnsüchtig nach drüben. „So finden wir ja nie einen Schatz", meinte er. „Ja, das ist manchmal so", antwortete der Vater, „aber wir können ja hier, wo der Regenbogen vorher gewesen ist, mal schauen, ob er etwas für uns dagelassen hat." Er suchte mit kundigen Blicken den Rand der Kiesgrube ab, bückte sich hier und da, hob etwas auf, warf es wieder weg, und zog schließlich eine Lupe aus seiner Jackentasche. Als geübter Geologe wusste er um die verborgenen Schätze der Erde. Er rief den Kleinen herbei und drückte ihm einen Steinchen in die Hand: Ein kleines Stück nur, kaum größer als ein Würfelzucker, aber goldfarbig glänzend. „Schau mal, das ist Katzengold und wir haben es gefunden!"

Elisabeth Albert

*Katzengold wird auch „Narrengold" genannt. Es glänzt goldfarbig, ist aber nicht, wie das echte Gold, formbar.

VII

Feste feiern

oder: Party, das kam später.

Meine Kindheitserlebnisse stammen aus der Zeit gleich nach dem Krieg. Ich verbrachte sie in einem kleinen Dorf hier in der Nähe. Es gab dort drei Bauern, einige Landarbeiterhäuser und, - ganz wichtig-, einen Kaufmann mit Dorfgasthof. Es war also alles sehr überschaubar bei uns. Im Dorf waren wir vielleicht 10 Kinder, die miteinander spielten, sich erzürnten und wieder vertrugen, wie es so ist. Zur Schule marschierten wir über einen Fußsteig durch die Feldmark, wo uns ein Lehrer mit allen neun Schuljahren zusammen in einem Raum unterrichtete. So sah auch mein Start ins Schulleben aus.

Im Jahresverlauf gab es einige bedeutsame Zeitpunkte, wie das Auftauchen des ersten Maiseppers, das Großreinemachen, der Weideaustrieb der Tiere, der Herbstmarkt in der Kreisstadt oder das Schweineschlachten. Über jedes dieser Ereignisse gibt es viel zu erzählen, aber da waren auch noch die Festlichkeiten, und von denen will ich berichten.

Gegen Ende Mai war der erste Höhepunkt zu verzeichnen, das Ringreiten. Der Galgen für den Ring war vor dem Dorfgasthof aufgerichtet worden. Hinter der Absperrung, damals genügte ein einfacher Strick, sammelten sich die Zuschauer: Die Mädchen in feinen Kleidchen und weißen Söckchen, die kleinen Jungs in kurzen Hosen und Kniestrümpfen. Lange Hosen bekamen sie erst nach der Konfirmation, dann waren sie große Jungs! Die Erwachsenen hatten sich sonntäglich herausgeputzt, die Pferde trugen sogar Blumenschmuck am Kopfzeug. Für diesen Blumenschmuck war die Dame des Herzens, oder, falls nicht zur Hand, ersatzweise Mutter oder Schwester, zuständig. Alle Reiter im weißen Hemd und Schaftstiefeln saßen - mehr oder weniger elegant - im Sattel und dann ging's los! Jeder Treffer wurde mit Applaus belohnt, es staubte mörderisch, die Sonne brannte herab, man diskutierte laut die Siegeschancen der einzelnen Reiter, kurz gesagt: die Stimmung war allerbest. Im Verlauf wurden einige Pferde immer nervöser und begannen zu tänzeln. Dies machte zwar bei den Mädchen großen Eindruck, verringerte aber die Siegeschancen des Reiters: mit einen hin und her zackelnden Pferd trifft man halt den Ring nicht so gut... War der Wettkampf schließlich entschieden, gab es reichlich Schnaps für die Reiter und dann starteten sie zur Ehrenrunde um das Dorf. Vorweg, unter dem Jubel der Zuschauer, der glückliche Sieger, am Schluss der Schweinehirte, er hatte die wenigsten Ringe getroffen. Er trug eine Hütepeitsche in der Hand, mit der er fleißig knallte. Mit einer Peitsche knallen, das konnte damals noch jeder. Manchmal gab es auch einen Sandrieder, einen Sandreiter, er war vom Pferd gefallen und bekam eine Menge spöttischer Zurufe. Der ganze Ablauf wurde von allen Beteiligten, - gelockert durch viele Schnäpse -, mit Humor genommen.

Den Übergang zum Sommer markierte das Vogelschießen, ein großes Ereignis in unserem sonst ruhigen dörflichen Leben. Tagelang wurde vorbereitet: das feine Kleidchen musste gebügelt und zurechtgelegt werden, weiße Söckchen und Lackschuh, und, nicht zu vergessen, Schleifen für die Zöpfe in passender Farbe. Am großen Tag herrschte viel Aufregung, ging es doch um die Königswürde, den Platz an der Spitze des Umzugs und den Ehrentanz im Saal des Dorfkrugs. Schließlich war der Vormittag überstanden, alle hatten ihr Bestes gegeben, die Mädchen beim Vogelpicken und die Jungen beim Luftgewehrschießen, der König und die Königin standen fest. Alle waren stolz, der Eine oder Andere wohl auch enttäuscht ob der entgangenen Königswürde. Aber alle marschierten feierlich und gemessen hinter der Musikkapelle in den festlich geschmückten Saal.

Dort waren an den Wänden entlang Tische eingedeckt und die Familien hatten Platz genommen, um das Schauspiel zu verfolgen. Stolze Eltern, zappelige kleine Geschwister, Paten und Patinnen, Onkel und Tanten, gerührte Omas und Opas, alle waren da. Es gab Topfkuchen und Kaffee in Form von *Muckefuck*, für die Kinder Kakao, die feinen Sachen bekamen bereits ihre ersten Flecken, und die Stimmung war prima. Dann spielte ‚Die goldene Vier', heute würde man sagen eine Rentnerband, zum Kindertanz auf. Unsere Liederwelt war damals überschaubar, und alle sangen laut und begeistert mit, wenn die Polka von Herrn Schmitt gespielt wurde:

„Herr Schmitt, Herr Schmitt,
wat kricht dien Dochter mit?"

Dass hier ganz unverblümt die Frage nach der Mitgift von Herrn Schmitts Tochter gestellt wurde, kriegte wir Kleinen natürlich noch nicht mit. Ganz besonders beliebt war auch das Lied von *Marie und dem Bohnenpott.*

„Wenn hier een Pott mit Bohnen steiht und dor een
Pott mit Brie,
denn laat denn Pott mit Bohnen stahn un danz mit
mien Marie.."

Der plattdeutsche Text, den damals jeder kannte, beschreibt spöttisch, wie mit der widerspenstigen Marie zu verfahren sei: Wenn sie nicht tanzen kann, hat sie wohl krumme Beine. Dann zieht sie halt lange Kleider an, und schon ist es nicht mehr zu sehen. Wenn sie aber nicht will, dann gehört sie zur Strafe in einen Hafersack gesteckt und der wird oben zugebunden. Und wenn sie dann jammert, man solle ihr aufmachen, dann bindet ihn der Kavalier noch fester zu und setzt sich oben drauf. Es war halt damals noch nicht weit her mit der Gleichberechtigung. ...Auf jede Strophe folgte der Kehrreim mit „Marie, Mara, Maruschkaka...", wir wirbelten in heillosem Durcheinander herum und es gab die ersten Zusammenstöße.

Darum ging es danach auch immer mit einem sinnigen Lied weiter:

> „Du lieber Schuster, du, flick du mir meine Schuh,
>
> die Schuh, die sind entzwei,
>
> der Schuster macht sie neu..."

Nachdem die Schuhe dann also pantomimisch geflickt worden waren, kam die Gelegenheit, nach einem neuen Tanzpartner Ausschau zu halten. Die Kapelle wechselte nämlich zu:

> „Gah von mi, gah von mi, ick mach di nich sehn,
>
> komm tau mi, komm tau mi, ick bün so aleen..."

Man winkte mit deutlicher Gebärdensprache der auserwählten Person zu und der Refrain mit viel „fiderallalala" führte dann zu neuen Tanzpaaren.

Gegen Abend waren wir Kinder aufgedreht und erhitzt, uns war meist übel von all dem Kuchen und der ganzen Aufregung, aber wir waren glücklich über den schönen Tag. Wir wurden trotz unseres Protests - damals wie heute: „aber ich bin noch gar nicht müde!!" - ins Bett gebracht, denn von da ab gehörte der Saal den Erwachsenen. Diese dörflichen

Tanzvergnügen wurden hinter der vorgehaltenen Hand „Kökschengriepen" genannt, und manche Mutter wird froh gewesen sein, wenn ihre lebenslustige Tochter nicht allzu spät und sozusagen unbeschadet nach Hause kam....

Gegen Ende August waren die Felder bis auf kleine Reste abgeerntet und lagen still da. Dafür machte sich in den Dörfern eine eigenartige Unruhe bemerkbar: W e r würde als erster fertig sein?? Auch wir Kinder wurden davon angesteckt und in der Schule, wo die Kinder von den verschiedenen Höfen und Dörfern zusammentrafen, wurde fachmännisch diskutiert. Spannend war es, fast wie bei einem heutigen Fußballspiel. Bis zum letzten Moment konnte etwas Unvorhergesehenes passieren: ein umgekippter Wagen, ein lahmendes Pferd, ein Regenschauer, alles war drin. Aber irgendwann war der Wettstreit entschieden, der Erste stand fest. Alle konnten sich beruhigt der Vorbereitung des Erntefests, plattdeutsch „Ornbier", also Erntebier genannt, zuwenden.

Mutters Haushaltshilfen hatten schon alles schön gemacht: Der Speicher war sauber gefegt und der hintere Teil mit einer Persenning abgeteilt. Dort standen die duftenden Köstlichkeiten, die in großen Töpfen aus der Küche herbeigetragen waren. Man hatte Tische und Stühle besorgt, weiße Tischdecken aufgelegt und das Porzellan mit dem Goldrand gedeckt. Für jeden gab es eine gestärkte weiße Serviette und ein Platzkärtchen.

Nachdem das Vieh versorgt war, hatten sich alle fein gemacht: die Männer sauber rasiert und akkurat gekämmt, die Frauen frisch onduliert und in ihren besten Kleidern. Jeder suchte seinen Platz und dann wurde getafelt. Frische Suppe mit Mehlklößchen und Eierstich, danach Braten mit Gemüse und Kartoffeln, dann süße Nachspeise. Zuerst war es andächtig still. Zwar hatte jeder großen Hunger, aber alle waren noch ein wenig unsicher und wollten sich „gut" benehmen. Nach der Suppe wurde es den Ersten schon warm, Jacken wurden ausgezogen und wanderten auf die Rückenlehnen der Stühle, die anfänglich steife Stimmung lockerte sich. Während das Essen seinen Verlauf nahm, erschien die Musik: Es war „Bruno Hansen", seines Zeichens Melker beim Nachbarn, ein stiller freundlicher Mann mit einer unglaublichen musikalischen Begabung. Er war ein „Ein-Mann-Orchester". Auf den Knien ein großes Akkordeon, neben sich eine Trommel, die er mit einem Fußpedal bediente und vor sich, auf einem Ständer in Gesichtshöhe, eine Mundharmonika. Wenn meine Erinnerung nicht trügt, hatte er an einem Ellenbogen sogar noch eine weitere Vorrichtung für ein anderes Instrument. Er spielte zum Tanz auf, es gab Bier für die Männer und süßen Wein für die Frauen. Das war der Zeitpunkt, an dem wir Kinder unweigerlich ins Bett gebracht wurden, mit dem Ergebnis, dass wir am nächsten Tag in der Schule die neuesten Berichte vom Verlauf der verschiedenen Erntefeste hörten, wobei die Worte „besoffen" und „gekotzt" fielen. Wie aufregend!

Das ist jetzt siebzig Jahre her und die Zeiten sind unwiederbringlich vorbei. Dennoch mag ich gern davon erzählen, denn ich hatte eine schöne Kindheit. Damals in dem kleinen Dorf.

Elisabeth Albert

Der Spatz

Im Garten hinterm Haus ums Eck
mit Kaffee saß ich dort und Gebäck.
Da flog heran ein kleiner Spatz
Kam näher noch mit einem Satz.
So klein und süß von Kopf bis Schwanz
vollführte er mir einen Tanz.
Dazu noch wundervoller Klang,
bezirzte mich mit Tschip-Gesang.
So konnte er mein Herz erweichen.
Ich tat ihm von dem Kuchen reichen.

Noch später saß ich hinterm Haus,
Auch war der Kuchen noch nicht aus,
Da flog heran ein schwarzer Rabe.
Dieser besaß auch *seine Gabe*.

Denn er krakeelte und er ächzte.
Er krähte und er krächzte.
Als er das Ganze noch verschärfte,
da ging ich rein, weil mich das nervte.
Und die Moral von der Geschicht`:
Spatzen sind niedlich, Raben nicht?

Thorsten Schönberg

Teurer Fetisch

Im Auto und auf Wiesen,
da tat sie es mit diesen
Herren, das war klar
nur immer gegen bar.

(Horst trieb`s oft auf die Wiesen,
Das trieb ihn in die Miesen.)

Thorsten Schönberg

VIII

Zu viel des Guten
oder: nach fest kommt ab

Nach fest kommt ab! Diesen Spruch kennen alle Handwerker und wohl auch die meisten Bastler. Der Eine oder Andere mag die böse Überraschung auch schon beim Anziehen einer Schraube oder Ähnlichem selbst erlebt haben. Einmal machte ich eigene Erfahrungen und das kam so:

Ich wuchs auf dem Lande auf. Auf unserem Hof gab es Kühe und wir bekamen jeden Abend eine Kanne Milch für den Haushalt. Sie war damals natürlich noch nicht durch ein technisches Verfahren wie Homogenisieren verändert, sondern kam unverfälscht und direkt aus dem Stall. Kuhwarm.

War Besuch angemeldet, wurde sie in einer großen flachen Schüssel im Keller kalt gestellt und dann am nächsten Morgen die Sahne zum Schlagen abgeschöpft. Dies musste sehr vorsichtig geschehen, ohne Milchanteil, sonst gab es später Probleme. Dann ließ sich die Sahne nämlich nicht steif schlagen, sondern blieb dickflüssig. Im Ernstfall eine Katastrophe!

Eines Tages war Besuch angemeldet und meine Mutter brauchte Schlagsahne für eine Apfeltorte. Ich sollte helfen und machte mich also ans Werk. Damals noch ohne Handmixer und „Sahnesteif", wohl aber mit der neuesten Erfindung, einem handbetriebenen

Quirl. Es lief gut an: die Sahne schäumte prächtig, wurde dann dickflüssig, dann fest. Ich drehte unbeirrt weiter an meinem Quirl, denn, das hatte man mir eingeschärft, die Sahne musste „schnittfest" sein. Gerade meinte ich, es sei soweit, da passierte es. Plötzlich und ohne Vorwarnung wurde die Sahne zu weißlichen Klümpchen, die in einer milchigen Flüssigkeit schwammen. Ich hatte Butter fabriziert.

Da war sie, die Katastrophe! Die Torte musste ohne Schlagsahne auf den Tisch und ich war schuld. Sehr peinlich für meine Mutter. Mal wieder wurde klar: „Die Deern" hat kein Talent für Haushalt. Man verzichtete von da an auf meine Mithilfe. Ich war überglücklich, denn schon damals war ich viel lieber draußen bei den Tieren und auf den Feldern.

Elisabeth Albert

Männer und Meditation

Die Meditation ist eine bewusstseinserweiternde Technik, die auch oft mit einer Stille im Geist und einer Leere beschrieben wird. Wenn es sich also bei der Meditation um das Erreichen einer geistigen Leere handelt, für wen sollte dieser Zustand leichter zu erreichen sein als für den Mann, der allerdings auch von der Natur begünstigt wurde mit einem Nichts zwischen den Großhirnlappen. Während bei der Frau Gedanken wie Intercityzüge im Eiltempo die Großhirnrinden hin und her sausen, so kennt der Mann im Grunde oft nur einen Gedanken: Fleisch!!!! Manchmal gegrillt, gebraten aber sehr oft auch als Schenkel, Brust oder Po an einer Frau. Um in den Zustand der tiefen Meditation zu gelangen, bedient Mann sich verschiedener Techniken. Eine der Techniken bemächtigt sich der folgenden Gedanken: Durch ständiges monotones Wiederholen eines einziges Wortes, des Mantras, erreicht man den tiefen Meditationszustand. Also ziehen wir aus den oben genannten Fakten unsere Schlüsse: Wenn also eine Gruppe von Männern am Ballermann sitzt und sich voller Eifer dem „Nasses T-Shirt Contest" widmet, dann betreiben diese nichts anderes als eine Art Gruppenmeditation, die es zum Ziel hat, durch das ständige Wiederholen ihres Mantras: „ausziehen,

ausziehen, ausziehen…" eine besondere Tiefe zu erlangen.

Thorsten Schönberg

Schulweisheiten

„Nicht für die Schule, für das Leben lernen wir". Auf so manchem Schulportal prangt uns diese Belehrung entgegen. Von dem in der Schule erlernten Stoff ist mir von Mathematik sehr, sehr wenig im Gedächtnis geblieben, von Französisch nur ein Quäntchen mehr und von Deutsch und Englisch ein bisschen. Woran ich mich aber trotz der Jahrzehnte seit meinem Schulabschluss gut erinnere, sind drei Sinnsprüche; einer aus dem Konfirmanden- und zwei aus dem Deutschunterricht:

„Wer friert, ist dumm" (Pastor S.). Dieser Spruch drängt sich mir nahezu immer auf, wenn jemand über Kälte klagt, aber kein Unterhemd trägt, sich keinen warmen Mantel anzieht oder sich nicht in den Windschatten stellt.

„Man kann mit seinem Einkommen nicht auskommen, wenn seine Nachkommen zu früh kommen" (Studienrat W.). Ich finde diese Erkenntnis ist sehr logisch. Zudem enthält sie klangvolle Reime

„Mann ist Mann, und wenn er im Bett sitzt und lacht" (Studienrat W.). Diesen Ausspruch zu interpretieren regt die Fantasie an. Ich frage mich bis heute, ob er für Schüler geeignet war.

Ingrid Brandenburger

Unerklärlich

Dieses Mal hatte sich unsere Gruppe nicht wie sonst immer im Bürgerhaus, sondern in einer privaten Wohnung getroffen. Adresse Bergenring 14, es war das Mal davor so abgemacht. Alle waren da, nur unser Referent Harald kam nicht. Keiner wusste, warum. Schließlich setzte sich Sabine ins Auto, um sicherheitshalber doch am Bürgerhaus nach Harald zu suchen. Sie kehrte unverrichteter Dinge zurück. Eine gewisse Ratlosigkeit machte sich breit.

Plötzlich surrte Sabines Handy: eine SMS. „Warum kommt ihr denn nicht? Lg H" - Gegenfrage SMS: „Wo bist du denn?" - Antwort SMS: „Wie verabredet Bergenring 14".

Wir waren sprachlos. Ein übler Scherz? Wer hatte sich da eingeschaltet, wusste von unserem Treffen?! Das war doch mehr als nur Schabernack! Wo war Harald denn nun wirklich? Unsere SMS mit weiteren Fragen erhielt keine Antwort, ein Anruf lief ins Leere: „Dieser Teilnehmer ist zur Zeit nicht zu erreichen..."

Während wir noch diskutierten, klingelte es: Harald stand vor der Tür: „Ich hab mich verspätet, tut mir leid. Und dann hab ich auch noch kein Handy dabei, ich muss es gestern im Bus verloren haben..."

Elisabeth Albert

IX

Gespenster

Der Regen peitscht gegen meine Windschutzscheibe. Aber nicht nur der. Auch das Spritzwasser der vor mir Fahrenden nimmt teil am Sichtversperren. Seit einer Stunde ist es schon dunkel, was meinen Überblick auf den Autobahnverkehr einschränkt, denn ich werde von entgegenfahrenden Autos geblendet. Eigentlich müsste meine Ausfahrt bald kommen! Wenn ich sie verpasse und erst die nächste nähme und umkehren müsste, käme ich zu spät zu meinem so wichtigen Termin. Also habe ich außer auf den schon schwierigen Verkehr auch noch immer die – leider viel zu engen - Lücken zwischen den Lastwagen auf der rechten Seite im Auge zu behalten, damit ich die Vorankündigung meiner Ausfahrt nicht übersehe.

Ich bin schon ziemlich müde oder durch die Anstrengung ermüdet. So müde, dass ich schon Gespenster sehe! Weiße flatternde Gespenster…. Nein, das ist keine Einbildung! Sie sind wirklich da! Sie wirbeln durch die Luft mit ihren schwebenden weißen Gewändern. Gespenster wie in Karikaturen: Runder Kopf und formlose Gestalt in weißem, fließendem Gewand. Eins nach dem anderen flattert mir durch die Dunkelheit entgegen, sekundenweise angestrahlt durch verschiedene Scheinwerfer. Trotz der verwirrenden Erscheinungen habe ich doch die Vorankündigung für meine Autobahnausfahrt kurz sehen können. Ich ordne mich also in die rechte Seite zwischen die Lastwagen ein. Direkt hinter dem Lastwagen, aus dessen schlecht verseilter oder vom Sturm gelöster Plane eine Toilettenrolle nach der anderen sich löst.

Ingrid Brandenburger

Bahnfahrt

Oder Moses war das.

Die etwas näselnde Stimme aus dem Lautsprecher verkündete: „Meine Damen und Herren, in wenigen Minuten erreichen wir unseren nächsten Halt Hannover Hauptbahnhof". Der Zug verlangsamte seine Fahrt, wir fuhren bereits durch die Vororte. Hier waren die Häuser neben den Geleisen durch eine Schutzwand aus Blechplatten gegen den Lärm des Zugverkehrs abgeschirmt. Und diese Wand hatte es in sich! Sie war offensichtlich ein Paradies für Sprayer: Auf ihre braungrüne Farbe waren Unmengen Graffiti gesprüht. Blitze, Sterne, Spiralen, Kleckse und Streifen sah ich. „Eieieiei" las ich, irgendwo stand das Wort „Fiasko". „Stay alive" konnte ich entziffern,- immerhin ein guter Vorsatz! „RBF" und „B45" blieben für mich unverständlich, aber ein grinsendes Gesicht, kunstvoll in ein großes „G" eingearbeitet, war echt witzig.

Und dann kam es: Ein Schriftzug, groß und deutlich lesbar, die Buchstaben in grün mit schwarzer Umrandung: „Moses war das" stand dort. Ich begann zu überlegen: hatte „Moses" etwas ausgefressen und wurde hier verpetzt? Und was mochte es gewesen sein? Hatte er geklaut und war unerkannt entkommen? Hatte Autos aufgebrochen und wurde gesucht? Wieso konnte ich überhaupt sicher sein, dass „Moses" ein Mann war? Es konnte ja auch ein Deckname für eine Frau sein. Frauen fressen auch was aus…

Meine Gedanken hatten sich längst in den Verästelungen der vielen Deutungsmöglichkeiten verloren, als die Durchsage kam: „Meine Damen und Herren, in wenigen Minuten erreichen wir unseren nächsten Halt, Göttingen".

Wieder verlangsamte der Zug seine Geschwindigkeit und ich spähte nach der obligatorischen Lärmschutzwand. Ein langsam fahrender Gegenzug verdeckte sie. Dann wurde der Blick freigegeben. Auch hier war sie voller ineinander verschachtelter Schriftzüge und Symbole, „Zoom" und „Annika" konnte ich sogar entziffern, und dann kam es: Wieder deutlich in grün mit schwarzer Umrandung: „Moses S." stand dort. Jetzt kam ich der Antwort meiner Frage auf die Spur. Er oder auch sie hieß „Moses" und hatte einfach klarstellen wollen, dass ER oder SIE gesprüht hatte! Aha!

Kann man sich vorstellen, dass ich der Lärmschutzwand in Kassel mit Spannung entgegensah? Und dann dies: Keine Nachricht von „Moses", vielmehr überhaupt keine Nachricht. Die Wand hatte dicke hervortretende Noppen, da ergaben die Mühe und das Risiko des Sprayens überhaupt keinen Sinn, alles hätte einfach nur hässlich ausgesehen. So „strahlte" sie dann durchgehend in sattem Braun, auch nicht der Hauch einer Sprühfarbe. Wie schade! Ich war richtig enttäuscht, das Spielchen war zu Ende.

Ich fand, nun könnte ich gut einen Kaffee gebrauchen. Das ist so meine Art, wenn etwas erledigt ist. Da passte es perfekt, dass man hinter der Tür schon den Klingelwagen hören konnte und der würzige Duft von Kaffee durch das Abteil zog. Eine junge Frau schob das Wägelchen durch die Sitzreihen. Sie wirkte ein wenig fehl am Platze mit ihren lila Haaren und den schwarz lackierten Fingernägeln, machte ihren Job aber professionell: Kaffee einschenken, Coladosen aufziehen, Brötchen und Brezeln verkaufen, Papierservietten anreichen und Wechselgeld rausgeben. Sie war flink und man sah, dass sie Übung hatte. Ich kaufte mir einen Becher Kaffee mit viel Milch, und bedauerte noch einmal, keine Nachricht von „meinem Moses" vorgefunden zu haben. Gerade wollte ich mich wieder meiner Zeitschrift zuwenden, als hinter mir Bewegung auf dem Gang entstand: ein Jugendlicher drängte eilig hinter dem Klingelwagen her und ich hörte ihn rufen: „Ich brauch noch `ne Cola, warte mal, Moses".

Elisabeth Albert

Thorsten Schönberg

Die Kraft der Gedanken

Gerät aufgrund deiner Gedanken
dein Wohlbefinden schwer ins Wanken,
dann denke dir doch angesichts
dessen lieber einfach nichts.

Liebeserklärung

Es gibt die Sucht nach Zigaretten,
es gibt die Sucht auch nach dem Bier.
Die größte Sucht doch könnt ich wetten,
ist meine Sehnsucht wohl nach dir.

So zieh ich los bei allen Wettern
Will es auf Häuserwände tünchen.
In wunderschönen roten Lettern,
du mein geliebtes Bayern München.

Alles nur Mathematik

Addition

Wenn sich zwei Menschen, vornehmlich Mann und Frau, hier auch bezeichnet als Summanden... wenn sich also diese beiden begegnen und sich durch ein Pluszeichen in Form eines zauberhaften Lächelns signalisieren: „ Komm, lass uns doch gemeinsam glücklich sein, uns addieren, so erhält man in der Summe ein Paar.

Multiplikation

Wenn sich unsere beiden Protagonisten nun sehr, sehr lieb gewonnen haben oder aber einfach von ihren Trieben übermannt beziehungsweise überfraut wurden, so kommt es in aller Regel unweigerlich zur Multiplikation. Wenn unsere beiden als Multiplikand und Multiplikator sich der Multiplikation hingeben, erhält man ein Produkt. Wir alle sind schließlich das Produkt unsere Eltern. Und eines sei hier noch angemerkt: Vielleicht hat der Eine oder die Andere mal heimlich gedacht: „ Hätten meine Eltern möglicherweise bei meiner Entstehung eine andere Stellung praktiziert, was hätte aus mir noch alles werden können...". Nun, dem sei verraten, dass es bei der Multiplikation keine Rolle spielt, wer vorne und wer hinten ist – das Produkt bleibt immer gleich.

Subtraktion
Es folgt eine weitere Grundrechenart. Die Subtraktion ist eine Umkehroperation der Addition. Klingt etwas schwieriger als es sich letztlich darstellt. Umkehroperation bedeutet in diesem Falle nicht etwa, Billigbrustimplantate wieder zu entfernen. Vielmehr bezieht es sich auf all die Dinge, die vorher stimmig waren, nämlich: Das zauberhafte, warme Lächeln weicht einem eiskalten Grinsen, das „lass uns doch gemeinsam glücklich sein" weicht dem „lass mich doch in Ruhe"…. Einige werden es bemerkt haben, unsere beiden Protagonisten befinden sich bereits im Ehestand.
Natürlich gibt es hier und dort einige kleinere Abstecher in die Algebra. Man müht sich sehr, kommt aber immer seltener auf einen gemeinsamen Nenner. Und bei der all-sechswöchigen Multiplikation wünscht sich meist einer, manchmal auch alle Beide, insgeheim den Kehrwert des Partners….

Division
Nicht zu verwechseln mit „ die Vision". Denn Visionen vom gemeinsamen Glück werden rar. Es kommt immer häufiger zu kleinen Scharmützeln verbaler Art. Womit wir auch schon bei der Division angelangt

wären, dem Teilen. Aus dem Teilen von Tisch und Bett wird immer mehr ein kräftiges Austeilen, Haushalts- bzw. Taschengeld einteilen oder zuteilen. Zum Ende hin, wenn man auf gar keinen Nenner mehr kommt, steht die Scheidung und wieder das Teilen. Das Abteilen vom gemeinsamen Lebensweg und das Aufteilen sämtlichen Hab- und Gutes führt oft zu Spannungen. Einer der Protagonisten ist immer der Meinung: „ Durch eine Null, bzw. mit einer Null kann man nicht teilen!" Daraufhin folgt meist der letzte Abstecher in die Algebra und es ergibt sich der endgültige Bruch....

Thorsten Schönberg

Thorsten Schönberg

Lesen bildet

Das lesen bildet, wussten viele,
doch nur nicht Horst, so wie es schien.
Verfolgte er doch andre Ziele,
las er im Play-Boy-Magazin.

Die Hosen voll machen

Sich nicht gleich in die Hose machen,
so lautet oftmals die Devise.
Das trennt die Starken von den Schwachen,
denn der macht sich in eben diese.

Krone der Schöpfung

Er sollte jagen, kämpfen, fischen.
Er sah sich selbst als Schöpfungskrone.
Doch dient der Ehemann inzwischen
der Ehefrau zu Haus als Drohne.

X

Adventskalenner in'n Oktober

Korl keem mit sien E-Bike ansuust un sett sik to de Rentners an den Stammdisch bi Bäcker Andresen. „Jungs, annern Sündag is de eerste Advent. Dorüm de Fraag: Kennt ji een Woort mit fief ‚tz'?" He smustergrien nücksch in de Runde. De annern erinnern sik, dat he den Witz all de Johrn wedder vertellt, wenn dat in de Adventstied geiht, avers se kregen de Pointe nich tosamen un hölen de Snut. „Denn heurt mal to, ji Döösköpp," scholmeester he, „Atzventzkrantzkertzenglantz! Fief mol ‚tz'! Dor sünd ji platt, wat? De annern grienen, bet Hein segg: „Weet ji ook, wo veele Adventskalenner dat gift?" Dat weer een komische Fraag, avers denn segg een: „Dor hest du recht, dat warrt jedet Johr mehr. Bi Edeka un Sky kannst dat bekieken. Jede Schokolaadefirma hett twee, dree Kalenners." – „Dat gift nich blots Adventskalenner mit Schokolaad. Ik heff een vun mien Kinner schenkt kreegen. De heet ‚Santa'. Jeden Dag een Doos Beer is dor bin," platz Fritz rut. Ook bi de Rentners is ja de Fortschritt ankamen: Gisela trock ehr Smartphone ut de Tasch. De Blechbregen spuk ut, dat dat bi Amazon 63.261 ünnerscheedliche Adventskalenner gift. Legosteen för de Jungs, Schmuck för de Deerns. Kalenner för Männer un Kalenner för Frunslüüd. Mit Stinkerkraam bin. Un sogoor för Hunn gift dat Adventskalenner.

Vun de Firma Trixie, mit Kauartikel, Hunnkekse un anner Leckerlis. Op den Kalenner steiht aver nich, wi de Veerbeener ahn Dumen de Porten opkriegen süllt. Gisela höör nich op, mit den Dumen över den Bildschirm to wischen. „Hier, dat heff ik söcht," triumfer se un füng glieks an, vörtolesen: „Unter solchen Umständen kam diesmal das Weihnachtsfest heran, und der kleine Johann verfolgte mit Hilfe des Adventskalenders, den Ida ihm angefertigt und auf dessen letztem Blatte ein Tannenbaum gezeichnet war, pochenden Herzens das Nahen der unvergleichlichen Zeit." Giselas Oogen blinkern. „Dat is ut De Buddenbrooks. De Jung harr blots een vun de Kinnerfru malten Afrietkalenner. Bi de rieke Buddenbrook-Family. Wat de hüüt woll dortau seggen wöör?" Nu güng dat los. All vertellen ehr Geschichten över Adventskalenner: „In de schlechten Tieden harr Modder ut den Stoff vun een Sack 24 Büdel neiht. De wurrn an een Wäschelien in de gode Stuuv ophängt, so hoch, dat wi Lütten dor nich ankamen kunnen. Jeden Dag dörf denn een vun uns in den Büdel langen un de Schokolaad, de Nööt oder Appelsinen ook för de annern glieks mit rutholen." – „Bi uns kreeg jedeen sien eegen Adventskalenner. Mit Schokolaad in de Finster. Opmaakt wurrn de Finster an'n Fröhstücksdisch." – „Ik heff mien Kalenners jümmers opwohrt. Dat heele Johr lang." So güng dat wieder. „Un wi is dat hüüt mit de puckern

Haarten wegen de bikamen Wiehnachtstied?" fraag Karl. Ja, dat is de Fraag. Ik glööv, dat all de överkandidelten Adventskalenner uns vun den Sinn vun de Kalenners weg bringt. Lütte un Grote süllt sik bi dat opmaken vun de Dör vun den Kalenner freuen. Op Wiehnachten. Un op dat lütte Geschenk achter de Port. Dorför bruukt dat blots een ganz eenfachen Kalenner. Den kann een ook alleen basteln un den heelen Kommerzkraam den Mors wiesen.

Jürgen Baasch

103

Der Mann und sein Forscherdrang
oder Männer und Manieren

Viele Menschen, insbesondere die Frauen, sprechen den Männern oftmals die guten Manieren ab. Ich allerdings behaupte, dass einige der kritisierten Verhaltensweisen einzig und allein dem Forscherdrang des Mannes geschuldet sind. Wenn es beispielsweise im morgendlichen Berufsverkehr auf der Autobahn zu einem Stau kommt und man sich endlich mehr Zeit für andere Verkehrsteilnehmer zugestehen darf als ewig nur der flüchtig dargebrachte Mittelfinger. Wenn also die Blechkarossen in den Ruhemodus eintauchen, dann taucht auch der Mann ...und zwar in seine Fantasiewelt ab. Und in dieser Fantasiewelt ist er Forscher und Entdecker, ein Indiana-Jones aus Wattenbek, der bereit scheint, alles um sich herum zu vergessen um Heldentaten zu erleben. Und wenn er dann dieses Kribbeln verspürt... dieses Kribbeln an der Nasenspitze, dann ist er bereit seinem Forscherdrang freien Lauf zu lassen. Einige würden vielleicht dieses Kribbeln an der Nasenspitze ignorieren oder durch ein flüchtiges Reiben beenden, doch nicht unser Indiana-Jones aus Wattenbek. Er fühlt sich berufen dazu, diesem Kribbeln auf den Grund zu gehen, zu verstehen, was dort passiert. Und so steckt ruck zuck der Zeigefinger in der Nase und bohrt. Denn irgendetwas muss ja dieses Kribbeln und Jucken ausgelöst haben. Also bohrt er und bohrt noch tiefer. Dann kommen ihm die tausenden Reportagen und Dokumentationen in den Sinn, die er allabendlich gemeinsam mit seinem Feierabendbierchen verschlingt. Und so zieht er Vergleiche mit seiner Nase und dem ewigen Eis der Pole. Denn wie die Polarforscher, die Bohrungen im Eis vornehmen, um aus den Bohrfunden und deren verschiedenen Schichten Rückschlüsse auf vergangene Wetterperioden abzuleiten, so versucht es ihn auch, seine Bohrungen an das Tageslicht zu befördern. Und wie die Forscher auf dem Discovery-Channel, so untersucht auch er seinen „Schatz". Akribisch wird der Popel auf der Fingerspitze seines Zeigefingers von allen Seiten beäugt. Doch Indiana-Jones will noch mehr herausfinden, und so zermalmt er das Fundstück zwischen Zeigefinger und Daumen, gespannt auf das, was sich im Kern verbirgt. Doch nicht jede Bohrung bringt stets Sensationelles zum Vorschein. Und so kann es schon mal vorkommen, dass ein enttäuschter Blick dem missmutig weg geschnipsten Popel folgt. Denn auch in der Wissenschaft sind Rückschläge an der Tagesordnung und nur wenige Glanzlichter ziehen in die Geschichtsbücher ein. Der Mann hat sein eigenes Geschichtsbuch, in das nur die besten Fundstücke Einzug halten dürfen. Wo sich dieses Geschichtsbuch bei jedem einzelnen Indiana-Jones befindet, ist völlig unterschiedlich. Bei dem Einen ist es unter der Achsel bei dem Anderen im Mund. Zu des Mannes Unglück allerdings werden wir in unseren Stahlkarossen fest auf den Sitzen gehalten.

Thorsten Schönberg

Die Brunft

Oft ist im Herbst ein Hirsch beim Röhren
schon kilometerweit zu hören.

Schützt sein Revier mit viel Geschrei,
dazu am Kopf trägt er Geweih,
welches bestückt mit reichlich Enden,
auch um die Damenwelt zu blenden.

Nicht nur im Herbst in seiner Brunft
scheint manch Geschöpf der Männerzunft.

Benutzt dazu, wie ich das seh`,
auch gern den eignen PKW.
Es dient der Spoiler als Geweih.
Dazu im Innern MP3
ersetzt für ihn das laute Röhren,
kannst es an jeder Ampel hören.

Thorsten Schönberg

Der Klaus

Zu Haus hat er sich stets gedrückt
und oftmals nur gesessen.
Die Ehefrau war nicht entzückt,
fing an ihn zu erpressen:
„Du liebst doch meine Brüste Klaus,
gehalten durch mein Mieder.
Drum bring den vollen Müll dort raus,
sonst siehst du sie nie wieder."

Thorsten Schönberg

Wer mit wem

Schon als Kind liebte ich beide, Hunde und Katzen. Hunde, das war in erster Linie Artus, unser Hofhund. Er hatte Familienanschluss, war Vaters Begleiter bei den Wegen aufs Feld und mit uns Kindern rührend geduldig. Das ging sogar soweit, dass er mir großzügig einen Platz im Korb bei sich einräumte, wenn ich mich mal traurig fühlte. Dies war unsere heimliche Abmachung, von der die Erwachsenen nichts wussten. Andere Hunde waren die alljährlichen Dackelkinder bei Onkel und Tante im Nachbardorf, sie zauberten sogar auf das sonst stets ernste Gesicht meines Vaters ein Lächeln.

Mit den Katzen verhielt es sich anders: Ihr Reich waren die Scheunen, wo es immer Mäuse gab. Sie waren zwar überwiegend Selbstversorger, aber zuweilen fielen doch Essensreste für sie ab, weshalb sie gerne an der Küchentür herumlungerten. Dort ließen sie sich dann auch streicheln und wir konnten entzückt ihrem Schnurren lauschen.

Das Verhältnis zwischen Artus und den Katzen ließ sich am ehesten mit „Respekt aus Erfahrung" beschreiben: Er war für sie ja riesengroß und so fauchten sie ihn vorsichtshalber an, er machte dann einen Bogen um sie und riskierte höchstens einen scheelen Blick zurück.

Als ich erwachsen war, erhielt das Thema „Katze und Hund" für mich einen völlig neuen Akzent: Durch meinen Mann kam ich in Jägerkreise, wo die Männer große Jagdhunde hatten, die selbstverständlich alle „katzenscharf" sein mussten: Die Hunde wurden von Anfang an trainiert, indem sie auf unerfahrene Jungkatzen gehetzt wurden. Da diese noch nicht auf Bäume klettern konnten, blieben die Hunde Sieger. Ein Biss, ein wütendes Schütteln, die Katze war tot und der Hund wurde gelobt. Ein Hund, der sich einer Katze geschlagen gab, war eine Riesenschande für seinen Besitzer. Die Begründung für die Ablehnung der Katzen war überdies sehr durchsichtig: „ Die fressen alle Küken von den Fasanen und Rebhühnern".

Die Frauen des Dorfes solidarisierten sich mit den Katzen und verheimlichten es, wenn irgendwo eine Katze Junge hatte. Diese Frontenbildung habe ich, wenn auch oft in abgeschwächter oder leicht veränderter Form, ganz häufig beobachtet: Männer und Hunde bilden eine Allianz, Frauen und Katzen die Andere. Es liegt sicher nicht nur an praktischen Gründen, - Hunde sind Gehilfen bei der Jagd und hüten das Vieh-, Katzen sorgen dafür, dass im Haus keine Mäuse herumlaufen-, sondern es muss auch an zu einander passenden Wesenszügen liegen. Hunde lassen sich zu folgsamen Anhängern abrichten, ordnen sich unter, himmeln ihr Herrchen an, lassen sich als Statussymbol in Szene setzen, können groß und stark sein. Man versuche das einmal mit Katzen: sie hören durchaus, wenn man sie ruft, entscheiden dann aber nach eigenem Gutdünken, ob sie kommen möchten, oder nicht. Aber wenn ihnen der Sinn nach Schmusen steht, streichen sie einem so lange um die Beine, bis sie auf den Arm genommen werden.

So mag, zumindest auf dem Lande, die Nähe der Katze zum Hauspersonal und somit zur Küche, ein Grund für Verdrießlichkeit auf Seiten der Männer gewesen sein, wie die Redensart feststellt:

„Köksch un Katt ward immer satt,
Hund un Knecht geiht immer schlecht."

Elisabeth Albert

Mein Arbeitsbrot und ich

Früher war es eine echte Liebesbeziehung zwischen meinem Arbeitsbrot und mir. Da konnte uns nichts und niemand etwas anhaben. Da passte kein Blatt zwischen uns. Niemals hätte ich etwas Schlechtes über mein Arbeitsbrot gesagt oder es gar verleugnet. Niemals hätte ich es als peinlich empfunden. Nicht einmal dann, wenn es mit kräftigem Tilsiter belegt war und ich es in der voll besetzten engen Kabine eines Firmenfahrzeuges auspackte. Nein, meine Käsestullen und ich sind durch Dick und Dünn gegangen.

Ich weiß auch gar nicht mehr genau, wann es die ersten Risse in unserer Beziehung gegeben hat. Okay, erst ein paar Jahre Käse und dann ein paar Jahre Kalbsleberwurst...da schaut man schon mal neidisch auf den Joghurt des Kollegen oder träumt von belegten Brötchen mit Mayonnaise. Solange es nur beim Träumen bleibt! Aber dann ist sie da, die Mischbrot-Crisis. Eines Morgens wachst du dann auf, schaust auf das Kissen neben dir, siehst diese Käsestullen und denkst: „ Mein Gott, soll das schon alles gewesen sein?" Und dann noch etwas später blickt man hinüber und denkt sich nur noch: „ Bäh! Da komm ich nicht mehr gegen an." Und schließlich...

eines Tages, wenn du am wenigsten damit rechnest, dann hält neben dir auf der Baustelle ein Imbisswagen und verströmt diesen lieblichen, unwiderstehlichen Geruch von altem Pommesfett. Und am nächsten Tag holt sich ein Kollege ein halbes Hähnchen und du beneidest seine mit Fett getränkten Lippen und sein wohliges Schmatzen, während du voller Ekel deine Stullen aufklappst, wieder zuklappst, dir einen Bissen nach dem anderen hinein zwängst und nur noch hoffst, dass es endlich vorbei sein möge.. Und am übernächsten Tag, da ist es dann soweit. Du kannst dieser Verlockung einfach nicht mehr wiederstehen und erliegst einem Hot Dog mit ordentlich Remo. Wie hast du dir dieses frische Knacken der Röstzwiebeln herbei gesehnt. Endlich spürst du wieder das Leben in deinen Adern pulsieren.

Und dein Arbeitsbrot? Kein schlechtes Gewissen? Doch...das schlechte Gewissen plagt dich zunächst und du denkst: „ Okay, wenn ich es nach Feierabend direkt wieder in den Kühlschrank lege, dann kann ich es bestimmt auch morgen noch essen...und übrigens ist ein Mal bekanntlich ja kein Mal." Doch ehe du dich versiehst, wird daraus eine Affäre und am Ende führst du ein Doppelleben. Ist es das was du willst?

Also, widerstehe allen Versuchungen!

Thorsten Schönberg

XI

Festdagseten

De Fernsehsnacker Dokter Eckart vun Hirschhausen bröcht dat up. He seggt, över de Daag sall man ahn slecht Geweten örntlich rinhauen. Dat Gewicht sett sik nicht wischen Wiehnachten un Neejohr, sünnern twischen Neejohr un Wiehnachten an. So keem de Snack an`n Rentnerdisch bi Bäcker Andresen op dat Eten an`n Hilligenavend. Un wat Wunner: De Geschmäcker sünd ünnerscheden as in dat heele Land. De mehrsten eet an Hilligenavend Bockwust mit Kantüffelsalat. Denn kaamt al de annern Klassiker as Goos, Braden, Raclette un Fondue. Blots bi söss Perzent gift dat an`n Hilligenavend Karpen. Korl schüddkopp: „Dat kann nich richdig wesen. Kiek di blots mol an, wat in de Schmalsteder Möhl to Wiehnachten los is." Un de annern nickköppen: „Ja, de Statistiker. De dreiht allens so hin, dat dat passt," weern de Rentner sik eenig. Ik föhr annerndags mit Fru un Hund na de Schmalsteder Möhl, de Saak mit Georg Plambeck besnacken un glieks den eersten Karpen vun dit Johr mitnehmen. Avers Georg Plambeck weer nich dor, een junge Mann hol uns mit en Kescherswung en Fiefpünner ut den Hälter, slach em un deel em in fief lieke Stücke op. As ik em dorför lööw, grien he: „ Tja, ik bün Lehrjung in`t 8. Lehrjohr!" Dirk Mordhorst, de Swiegersöhn vun Georg Plambek, bedeen uns mit Humor und Geschick. De eerste

Karpen smeck uns prima. He hett mi richdig instimmt op den Karpen an Hilligavend. Ik frei mi all op den Klönsnack in de Slang in de Schmalsteder Möhl. Dor sünd nich blots statistisch allens Lüüd, de Hilligenavend Karpen eet. Mehrstendeels snackt se Platt un hebbt op jeden Fall een gooden Smack.

Jürgen Baasch

Thorsten Schönberg

Das Schwein

Das Schwein steht im Stall
zum Zwecke der Mast.
Gefüttert so lang
bis die Haut kaum noch passt.

Dann wird diesem Schwein
nach dem Leben getrachtet.
Denn eben dies Schwein wird
vom Menschen geachtet
erst nach seinem Tode,
man kann`s kaum erwarten,
das Fleisch auf dem Teller
schön saftig gebraten.

Thorsten Schönberg

Die Primaten

Es waren einstmals zwei Primaten,
die ihren Herrgott darum baten:
Ach könnten wir doch menschlich sein.
Nicht so behaart, das wäre fein.
Und Gott, der war in Geberlaune.
Ein Englein blies dazu Posaune
als Gott die Hände hob und sprach:
„Den Menschen eifert nunmehr nach."
Sogleich dann auch die zwei enthaarte,
bevor er ihnen offenbarte:
„ Noch schnell zwei Namen, das muss sein.
Dich nenn ich Abel und dich Kain."

Schnarchen

Beim Schnarchen, so las ich erst jüngst, da erschlafft die Haut im Gaumen und durch die Atmung wird das Gaumensegel in Schwingungen versetzt. Ha, Gaumensegel, süß. Mit Segeln hat das Ganze doch wohl eher wenig zu schaffen. Segeln hat so etwas Ruhiges, Entspanntes. Schnarchen hingegen, wenn man genauer hinschaut beziehungsweise hinhört, hat viel eher doch mit einer sich trollenden Wildschweinrotte zu tun, die sich durch den Schlund treiben lässt. Und somit wäre das Gaumensegel auch eher eine Art Gaumengatter, durch das eben diese Wildschweinherde hinweg stampft. Und noch etwas ist mir aufgefallen. Der Einsame schnarcht nicht. Schnarchen benötigt Publikum. Ich habe noch nie von einem Menschen gehört, der so etwas sagte wie: „Mein Gott, ich habe heute Nacht so geschnarcht, ich hab kein Auge zubekommen." Nein, der Schnarcher an sich braucht das Publikum. Würde man einen ganzen Festsaal mit Feldbetten ausstatten und dort Schlafwillige einquartieren und einen Schnarcher unter ihnen postieren, so würde dieser erst zu echter Hochform auflaufen. So viel dankbares Publikum....
Und da an einem solchen Ort auch die Akustik stimmig wäre, so könnte man nicht nur die Rotte Wildschweine durchs Gaumengatter hetzen hören,

nein, auch scheint es, als ob noch Winnetou samt seinen Stammesbrüdern hoch zu Pferde hinter einer Herde wilder Büffel her wäre, diese dann einfinge, flugs ein paar Bäume fällten, zersägten, um ein Freigehege zu zimmern, durch dessen Gaumengatter sie, nur zum Spaß, ihre Herde erst hinein und dann wieder heraus trieben. Im Hintergrund untermalt von dem rauchenden Pfeifen eines stählernen Feuerrosses, welches im rötlich schillernden Abendrot sanft den Schienenstrang entlang gleitet und schließlich entschwindet.

Jeder halbwegs ambitionierte Beat-Boxer würde als Preis für das Erzeugen einer derart imposant ausgefeilten Geräuschkulisse stehende Ovationen ernten, doch unser Schnarcher mitnichten.

Viel eher wird doch überlegt, wie man ihm das Schnarchen möglichst unmöglich macht. Es soll ja helfen, den Schnarcher dahin gehend zu manipulieren, es ihm unmöglich zu machen, sich auf den Rücken zu legen. Zu diesem Zwecke soll es helfen, ihm in das Rückenteil seines Schlafanzuges einen Tennisball einzunähen. Nur glaube ich allerdings, dass Schnarchen nicht um jeden Preis einer Rückenlage bedarf. Aus diesem Grunde schlage ich vor, den besagten Tennisball nicht in den Schlafanzug einzunähen. Vielmehr sollte man hingehen und diesen Tennisball direkt auf das Gaumensegel des Schnarchers nähen. Und dann soll der Schnarcher mal versuchen, sein Gaumensegel durch Atmung in Schwingungen zu versetzen….

Thorsten Schönberg

XII

Der Fänger der Weihnachtsnüsse.

Ein Apfel rollte neben die Kisten, die auf Paletten neben dem ALDI-Markt abgestellt waren. Hier herrschte Hochbetrieb: Der Weihnachtsmann war soeben, - wirkungsvoll mit einer Art Fallschirm-, aus einem lärmenden Hubschrauber geklettert. Alle hatten ihre Handys gezückt und es machte unzählige Male „click!"

Der Weihnachtsmann warf in hohem Bogen Nüsse in die Menge und die Kinder versuchten, diese zu fangen. Natürlich war es in dem Gedrängel schwierig: wenn die Nüsse erst auf dem Boden lagen, bückte man sich besser nicht. Man würde übersehen und getreten.

Henry hatte mit seinen sieben Jahren bereits eine besondere Begabung entwickelt: er konnte exakt die Flugbahn einer geworfenen Nuss voraussehen und machte fleißig Gebrauch von dieser Fähigkeit. Er wuselte hierhin und dorthin, fing den anderen die Nüsse vor der Nase weg und tauchte genauso unversehens wieder unter.

Henry liebte Nüsse: er baute in seinem Zimmer endlose Straßen mit ihnen auf, nach einem komplizierten, nur ihm bekannten Muster. Niemand durfte die Lage der Nüsse verändern, sonst bekam Henry einen Anfall. Dann schrie er, trat und biss den Täter und beruhigte sich erst, wenn alle Nüsse wieder in der besonderen Reihenfolge lagen. Irgendwann hatte man seinen Eltern erklärt, dass Henry ein Autist sei. So hatten sie, zu allen Absonderlichkeiten ihres Sohnes auch noch ein Wort, eine Bezeichnung, erhalten, die wie ein fehlendes Puzzleteil das Ganze vervollständigte.

Henry hatte schließlich alle Taschen seiner Jacke voll Nüsse gestopft, und seine Eltern schickten sich an weiterzugehen. Sein Vater bückte sich, um den Apfel neben den Paletten aufzuheben. „Igitt", schimpfte die Mutter. „Wer weiß, was da alles dran ist!" Der Vater zögerte kurz und warf den Apfel dann weg. Henry fing ihn im Flug auf. Er hatte soeben ein neues Objekt für die Straßenkonstruktion in seinem Zimmer gefunden.

Elisabeth Albert

Weihnachten in der Zukunft.

Das Orgateam für die extraterrestrische Weihnachtsfeier auf dem Planeten Sirius 17 war fast fertig mit seinen Vorbereitungen: Die mögliche Besucherzahl von 17001 Personen war gebucht, die Shuttles programmiert, die Sauerstoffvorräte angekoppelt und die Visomaten für die Gesichtsfelderweiterung lagen bereit. Die Astronautenkost war portioniert und die Interessenten hatten ihre Unbedenklichkeitsbescheinigungen eingescannt.

Jetzt sollten noch informative Werbespots formuliert werden: Alle setzten ihre EEG-Induktionshauben auf und programmierten diese auf Alphawellen. Als die Ergebnisse elektronisch zusammengeführt worden waren, ergab die Auswertung „RETRO-WEIHNACHT". Sie beglückwünschten einander durch kleine grüne Lichtblitze und stiegen dann in ihre Teleporter, um in ihre Community zurückzukehren.

Es war schwer genug, diese Szene auf dem Planeten Sirius 17 zu installieren: Der Esel hatte sich geweigert, die Sauerstoffzufuhr über die unsichtbaren Ohrenzugänge zu akzeptieren und war dann zusammengebrochen. Die Schafe hatten auf dem Transport trotz aller Vorsichtsmaßnahmen eine massive Durchfallsymptomatik entwickelt. Schließlich konnten sie nur noch liegend und mit automatisch hochgehaltenen Köpfen präsentiert werden.

Noch kniffliger war die Beschaffung der Ochsen gewesen. Aus Resten von konserviertem Genmaterial hatte man im Eilverfahren drei Ochsen herstellen können, aber sie zeigten ein Verhalten, dem man ratlos gegenüberstand. Sie stießen immer wieder die sorgfältig aus echtem (!) Holz angefertigte Krippe, in welche der Jesus-Simulator gelegt werden sollte, um.

Einige hatten vorgeschlagen, die Ochsen durch „Similes" zu ersetzen, andere waren dagegen. Sie hatten Bedenken, der RETRO-ASPEKT würde leiden.

Schließlich hatte man sich zu einer genetischen Verschmelzung entschlossen und die drei Ochsen wieder auf den Heimatplaneten zurücktransportiert, wobei sie allerdings ihr Leben unter Atemaussetzern beendet hatten.

Die Kamele der Heiligen Drei Könige waren seltsamerweise sehr kooperativ gewesen. Sie hatten das Herumstehen in dem virtuellen Stallgebäude akzeptiert und käuten ununterbrochen ihr letztes irdisches Futter wieder. Es war gelungen, dies in einem „Endlos-Verwertungsmodus" in kleinen Presslingen herzustellen.

Alle stellten sich vor, wie die Besucher in kollektives Entzücken ausbrechen würden, wenn man dann zum Besuchstermin auch noch auf den Heimatplaneten blicken könnte. Und dies genau auf den kleinen Ort

Betlehem, wo ja alles geschehen sein sollte. Zur Überraschung würde dort eine gewaltige Laser-Lichtshow gestartet und ein virtuelles Tor geöffnet. Deutlich erkennbar vom Planeten Sirius 17.

Elisabeth Albert

Besetzt!

Vor Kurzem, es war Mitte Mai, war ich bei einer Bekannten zum Kaffee eingeladen. Da es ein sehr sonniger und auch angenehm warmer Frühlingstag war, beschlossen wir, uns den Kaffee und das dazugehörige Stück Kuchen in ihrem Garten schmecken zu lassen. Wir saßen unweit eines Baumes, der auf Nachfrage, von der Gastgeberin als Mistel betitelt wurde. In den Gesprächspausen konnte man aus Richtung des Baumes sehr deutlich ein dauerhaftes Brummen, beziehungsweise Summen, wahrnehmen. Es schien beinahe, als würde der Baum vibrieren, als hätte irgendwer diesen Baum unter Strom gesetzt. Diesem summenden Phänomen wollte ich nur allzu gern auf den Grund gehen und trat unter die Mistel. Als ich den Blick vom Stamm in Richtung Baumkrone gleiten ließ, entdeckte ich den Ursprung des summenden Brummens. In und um scheinbar jede Blüte schwirrte ein fleißiges Bienchen. Gefühlt waren es hunderte. Ein wildes Treiben, ein Umherfliegen, ein scheinbares Chaos. Unwillkürlich kam mir der Gedanke, ob es die Bienen wohl das eine oder andere Mal zu einer Blüte zog, die bereits von einer Vorgängerin abgeerntet war? Getreu dem Motto: Dieser Weg war umsonst! Und wenn so mancher Weg sich als überflüssig erwies, wie sollte eine Biene dieses Dilemma vermeiden? Ich stellte mir ein besonders schlaues Exemplar dieser Gattung vor. Ein Exemplar, das sich die Lösung dieses Problems bei uns Menschen abgeschaut hatte. Diese schlaue Biene würde bereits am Abend vorher zu der Mistel fliegen. Über jede Blüte, die das Bienchen am nächsten Tag würde anfliegen wollen, wirft es dann ein Handtuch...

Thorsten Schönberg

Thorsten Schönberg

Pizzageschichten

Margarita erzählte immer solche Geschichten. Doch eigentlich hörten nur noch Salami, Funghi und Cipolla zu. Alle anderen Pizzen schüttelten nur mit ihren Belägen, denn zum gefühlten tausendsten Mal erzählte sie von Angelo dem Pizzabäcker. Angelo, der so unsterblich in seine Freundin Margarita verliebt war, dass er ihr zu Ehren die Pizza ersann. Und genau aus diesem Grund befand Margarita, sei sie auch die Krone der Pizzaschöpfung, die Königin der Teige. An dieser Stelle begann Cipolla wieder an zu weinen. Ob es an ihrer romantischen Ader lag? Oder waren es doch nur die vielen Zwiebeln... „ Jedenfalls", führte Margarita aus „ sind alle Pizzen nur Abwandlungen von mir!" Besonders auf Hawaii hatte sie es abgesehen, denn die Hawaii sei nur auf die Ungeschicklichkeit und Faulheit einer Küchenhilfe zurückzuführen. Nur weil diese Küchenhilfe einst eine offene Dose Ananas in Stücken umkippte und zu faul war diese Stücke auch wieder einzusammeln, stünde heutzutage die Hawaii auf der Karte. Hawaii wollte gerade ausfallend werden, als sich die kleine Schiebetür vom Gastraum hin zur Küche öffnete und jemand mit energischer Stimme verlauten ließ: „Bon neu! Einmal die 18, Pizza Margarita!" In der Küche war ein kollektives: „ Endlich…" zu vernehmen.

Ortsnamen

Ich weiß nicht woher sich mancher Ortsname ableiten lässt. Ich habe die Ableitung zumindest eines Ortsnamens ausgemacht. Eines Ortes, dessen Namen und Lage uns Norddeutschen auf jeden Fall geläufig ist. Die Bedeutung des Ortsnamens lässt sich aus der Tatsache ableiten, dass in diesem Ort Geburten stets besonders zügig und reibungslos vonstattengehen. Und die gesuchte Ortschaft ist natürlich… Quickborn!

Zu Hause bei Dieter Krause

Zu gerne wäre Dieter
zu Hause der Gebieter.
Doch leider hat Frau Krause
die Hosen an zu Hause.

Zwei Jungen und ein PC

Zwei Jungen saßen vorm PC,
mit Fingern aßen sie Baiser.
Man hielt nicht viel vom Fasten-
dies merkten auch die Tasten.

Die Zeit

Wenn man getrennt von Freud und Glück,
wünscht man, die Zeit soll schnell vergehen.
Doch hat man beides erst zurück,
dann hofft man sehr, sie bliebe stehen.

Casanova

Ein Casanova ist ein Mann,
der gern sein Erbgut weit verbreitet.
Doch wenn`s geklappt hat ist er dann
der allererste, der `s bestreitet.

Die Autorinnen und Autoren

Elisabeth Albert, aufgewachsen auf einem Bauernhof blieb sie dem Umfeld viele Jahre treu. Dann gab sie ihrem Leben eine Wendung: Sie wurde Ärztin und begann, die Welt zu bereisen. Beides findet sich in ihren Texten wieder.

Jürgen Baasch, geb. 1945, war bis 2004 Bürgermeister in Bordesholm. Neben ehrenamtlichen Tätigkeiten leitet er seitdem Schreibseminare, Plattdeutschkurse und gibt Hilfen beim Schreiben der eigenen Biographie.

Ingrid Brandenburger wurde 1941 auf dem Bauernhof ihrer Eltern in Ostholstein geboren, wo sie aufwuchs und ihre Prägung fand. Als Erwachsene lebte sie in Kiel oder im Kieler Umland. Nach ihrer Berufstätigkeit in einer Apotheke und später im Pharmaaußendienst genießt sie jetzt ihren Ruhestand. Seit einigen Jahren widmet sie sich noch einem weiteren Hobby, der Acrylmalerei.

Thorsten Schönberg wurde 1965 in Neumünster geboren und ist dort auch immer noch wohnhaft. Von Beruf ist er Maler und Lackierer. Schriftstellerisch schlägt sein Herz besonders für kleine, spaßige Gedichte.

In der Reihe ‚Bordesholmer Edition' erschienen:
Stand: Dezember 2017

Bd. 1: Das Grab auf der Insel
Der erste Bordesholmkrimi
von Jürgen Baasch, Lydia Glaubke, Charlotte Günther,
Ines Reich und Hartmut Wiedling
ISBN 978-3-8448-0006-7   172 Seiten   Preis 9,90€

Bd. 2: De Borsholmer Jedemann
Hugo v. Hofmannsthal sien Stück,
in`t Plattdüütsche sett vun Jürgen Baasch
ISBN 978-3848-21806-6   128 Seiten   Preis 8,90€

Bd. 3: Das Licht
und andere Erzählungen
von Jürgen Baasch, Kirsten Frahm,
Viktor Vogt und Hartmut Wiedling
ISBN 978-3848-22711-2   136 Seiten   Preis 8,90€

Bd. 4: Krimidinner
Kriminalroman
von Hartmut Wiedling
ISBN 978-3848-21971-1   260 Seiten   Preis 14,90€

Bd. 5: Schmalsteder Beifang
Der zweite Bordesholmkrimi
von Jürgen Baasch, Silvia Biener, Charlotte Günther,
Diana Kühl und Hartmut Wiedling
ISBN 978-3-8482-2419-7   164 Seiten   Preis 9,90€

Bd. 6: Murmelspiel und Schabernack
Alltagsgeschichten aus unserer Nachkriegskinderzeit
Biografische Reihe, Hrsg. Jürgen Baasch
ISBN 978-3848241415   168 Seiten   Preis 10,90€

Bd. 7: Biografische Splitter
Biografische Reihe, Hrsg. Elmer Schmidt und Jürgen Baasch
Erzählungen
ISBN 978-3-7322-3098-3   138 Seiten   Preis 9,90€

Bd. 8: Doppelbilder - Vier Paare, acht Geschichten und ein
Gastspiel
9 Erzählungen
von Hartmut Wiedling
ISBN 978-3842-34211-8   136 Seiten   Preis 8,90€

Bd. 9: Ein Haus wird Hundert
Geschichten zur Geschichte
von Franz Rohwer
ISBN 978-3732-25457-6   88 Seiten   Preis 8,50€

Bd. 10: Lotosblüte
Der dritte Bordesholmkrimi
von Jürgen Baasch, Kirsten Frahm, Charlotte Günther,
und Hartmut Wiedling
ISBN 978-3732-28658-4   176 Seiten   Preis
9,90€

Bd. 11: Rezepte für die faule Hausfrau
Kleines Kochbüchlein ohne Anspruch auf Michelinsterne
von Durannimo von der Wied
ISBN 978-3732-28628-7   52 Seiten   Preis 4,50€

Bd. 12: Letztes Jahr
Satirischer Endzeitroman
von Hartmut Wiedling
ISBN 978-3-7322-8940-0   156 Seiten   Preis 9,90€

Bd. 13: Krimiwanderungen
Auf den Spuren der Bordesholmkrimis
von Jürgen Baasch, Kirsten Frahm, Charlotte Günther,
und Hartmut Wiedling
ISBN 978-3-7357-5979-5   52 Seiten   Preis 4,90€

Bd. 14: Wenn Papa lange wegfährt
Ein Bilderbuch für Kinder
Von Kristina Dohrn
ISBN 978-3-7357-2308-6   24 Seiten   Preis 13,90€

Bd. 15: Odile
Erzählung
von Hartmut Wiedling
ISBN 978-3-7357-1940-9   84 Seiten   Preis
7,90€

Bd. 16: Klosterbrut
Gesellschaftspolitischer Zukunftsroman
von Hartmut Wiedling
ISBN 978-3-8370-8979-0   208 Seiten   Preis
10,90€

Bd. 17: Die Seminaristin
Der vierte Bordesholmkrimi
von Jürgen Baasch, Kirsten Frahm, Charlotte Günther,
und Hartmut Wiedling
ISBN 978-3-7357-7074-5   184 Seiten   Preis 9,90€

Bd. 18: Lichtungen
Gedichte und Kurzgeschichten
Von Martin Schmusch
ISBN 978-3-7347-5811-9   92 Seiten   Preis 7,90€

Bd. 19: Nordlicht
Heimatgeschichten
Biografische Reihe
Herausgegeben von Jürgen Baasch
ISBN 978-3-7357-7572-6   180 Seiten   Preis 9.90€

Bd. 20: Vier Männer
Tragikomisches Bühnenstück
von Hartmut Wiedling
ISBN 978-3-7392-2747-4   78 Seiten Preis 5,90€

Bd. 21: Von Mensch & Tier, Musikern und Gottesdienern
77 Limericks von Michael Struck
77 Bildericks von Dieter Stolte
ISBN 978-3-7375-1943-4   78 Seiten   Preis
9,90€

Bd. 22: Spiegelbilder
Heiner Volkers, Hrsg.
Stegner in Schleswig Holstein
ISBN 978-3-00-050146-3   303 Seiten   Preis 14,90€

Bd. 23: Halleluja Sakra
Das Muthenberger Missgeschick mit den Gebeinen
Eine historische Mühbrooker Heimatgeschichte
von Detlef Tanneberger
ISBN 978-3-7357-5643-5   236 Seiten   Preis 11,95€

Bd. 24: Giftwasser
Der fünfte Bordesholmkrimi
von Jürgen Baasch, Elmer Schmidt und Henning Thomsen
ISBN 978-3-7392-0249   208 Seiten   Preis 9,90€

Bd. 25: Menschen und Märkte
Texte von 10 Autoren aus Bordesholm und Umgebung
Herausgegeben von Jürgen Baasch
ISBN 978-3-7393-4090   280 Seiten   Preis 10,99€

Bd. 25a: Angekommen?
Autobiographie
Von Gudrun Schultz-Pohlen
ISBN 978-3-7392-1469-2   204 Seiten   Preis 12,90€

Bd. 26: Die Limerick-Landkarte
Schleswig-Holstein mal anders bereisen
Thorsten Schönberg, 58 Limericks und ihre Standorte
ISBN 978-3-8423-6959-7   124 Seiten   Preis 11,50€

Bd. 27: Bombenstimmung
Der sechte Bordesholmkrimi
von Jürgen Baasch, Elmer Schmidt und Henning Thomsen
ISBN 978-3-7431-1919-2   192 Seiten   Preis 9.90€

Bd. 28: Lisbeth
Autobiografischer Roman
Von Liza Olivia del Bosco
ISBN 978-3-7431-3759-2   192 Seiten   Preis 14,95€

Bd. 29: Rezepte für den faulen Hausmann
Vorschläge für gelungene Einladungen
Herausgegeben von Jürgen Baasch und Hartmut Wiedling
ISBN 978-3-7431-4072-1   52 Seiten   Preis 4,50€

Bd. 30 Über die Heide
Gedichte von Theodor Storm
in Plattdeutsch gesetzt von Knut Emeis
ISBN 978-3-7431-3814-8   48 Seiten   Preis 5,90€

Bd. 31 Familienbande
Texte von 9 Autoren aus Bordesholm und Umgebung
Herausgegeben von Jürgen Baasch
ISBN 978-3-7448-3320-2   224 Seiten   Preis 12,00€

Bd. 32 Vanitas oder: Wir sind alle nur Käfer
19 Essays aus Wissenschaft, Psychologie und Gesellschaft
von Hartmut Wiedling
ISBN 978-3-7448-9934-5   112 Seiten   Preis 6,90E

Bd. 33: Feuerteufel
Der siebte Bordesholmkrimi
von Jürgen Baasch, Elmer Schmidt, Detlef Tenneberger
und Henning Thomsen
ISBN 978-3-7448-9953-6   208 Seiten   Preis 9.90€

Bordesholmer Edition

Eine Reihe für Autoren von Bordesholm und Umgebung

Herausgeber: J. Baasch und H. Wiedling

Bordesholmer.edition@yahoo.de

© 2017
Herstellung und Verlag: BoD – Books on Demand,
Norderstedt.
ISBN: 9783746037066